나는 왜 이렇게 우울한 것일까

나는 왜 이렇게
우울한 것일까

김정선
리뷰소설

포도

머리말

불심검문을 당하는 꿈을 꾸었다. 가방 안에는 이 책의 교정지가 들어 있었다. 깨고 나서 한동안 멍하니 천장을 쳐다보았다. 아무래도 이런 책을 내려는 스스로에게 벌을 주고 싶었던 모양이다. 뻔뻔스러움이 지나치다는 생각이 들었달까.

오래전 우울감에 시달릴 때 우연히 셰익스피어의 책을 찾아 읽게 되었는데, 그때 쓴 글들이다. 셰익스피어에 대해 뭘 알아서 쓴 글도, 뭔가를 알고 싶어서 쓴 글도 아니다. 다만 내 우울감의 정체를 알고 싶어서 쓴 글일 뿐. 이 책에 등장하는 다른 책들 또한 마찬가지다. 뭘 알아서 그 책들의 내용에 대해 아는 체를 한 것이 아니라, 그냥 아는 체를 하고 싶어서 그리 한 것뿐이다. 가끔은 그런 나를 보고 싶을 때도 있지 않을까.

또 한 가지. 이 책에 등장하는 에피소드들 가운데 몇 가지가 내가 앞서 낸 세 권의 책에 이미 쓰인 것들이다. 시간 순

서상 이 책의 원고를 먼저 썼다는 구실로 뻔뻔스럽게도 그냥 실었다. 모두 이해와 용서를 구한다.

정체불명의 원고를 다시 정리하게끔 독려해주고 결국 책으로 내준 편집자에게 고마움을 전하고 싶다. 디자인과 교정 교열을 맡아준 분들께도 감사의 마음을 전한다. 인쇄와 제본을 해준 분들에게도 인사를 전한다. 세 권의 책을 내고 저자랍시고 가끔씩 강연도 다니곤 하지만 여전히 외주교정자로 일하고 있는 처지인지라, 책을 만들어내는 과정에서 저자나 작가의 역할만이 우뚝하다는 생각은 딱히 들지 않는다.

추천사를 써준 이슬아 작가님, 이아림 작가님께는 특별히 고마움을 전해야 하리라. 큰 빚을 진 기분이랄까. 갚을 길은 없어 보이니, 다만 이 책이 두 분에게 안 좋은 기억으로 남지 않기만을 바랄 뿐이다.

가족 이야기는 책 안에 지겹도록 썼으니 생략하겠다.

참고로 책 제목인 "나는 왜 이렇게 우울한 것일까"는 셰익스피어의 희곡 『베니스의 상인』의 첫 문장이자 안토니오의 대사임을 밝혀둔다.

2018년 9월 김정선

차례

머리말 • 4

1부 사랑

'장기 적출' 커플 • 10

진눈깨비 • 13

한밤의 셰익스피어 • 16

h와 H 사이에 놓인 남자 -『햄릿』• 19

피리 • 23

포도주 • 27

나는 네가 누구인지 모른다 -『헨리 4세』• 31

적출 혹은 누출 • 34

얼마나 오랜 시간이 지나야 내 몸속 장기가 흘린 눈물이
　　　　　　　　내 양 볼을 적실 수 있을까 • 36

사랑하는 나와 사랑받는 나 -『오셀로』• 40

가면 • 43

"그대는 내게 진실을 말하는 유일한 사람이다" • 48

목소리 • 52

"저는 제가 아니에요" -『십이야』• 55

므첸스크의 맥베스 부인 • 60

사과꽃이 떨어지는 소리 • 65

만남 • 70

삶에 묶인 끈을 당길 때 • 73

"내 행위를 알려면 나를 몰라야 할 것이오" -『맥베스』• 77

내 조바심과 불안을 가져간 여인 • 86

2부 가족

주삿바늘을 피해 숨는 혈관 • 92
관상동맥 -『로미오와 줄리엣』• 95
"나는 왜 이렇게 우울한 것일까" • 101
흰 건반과 검은 건반 -『베니스의 상인』• 107
결론에서 결론으로 우리를 이끄는 이야기들 • 119
시작과 끝, 그리고 처음과 마지막 • 127
치명적인 맥락, 가족 • 132
아버지의 발바닥 -『심벨린』• 137
다시 '장기 적출' 커플 • 141
처음을 위한 깜빡과 마지막을 위한 깜빡 • 149
'밖'이 '안'이 되고, '안'이 '밖'이 되는 -『리어 왕』• 157
감수성이 균열을 감지할 때 • 164
나처럼은 살지 않겠다 • 170
'우리'와 '그들' • 177
'우리'가 되기 위해선 마법이 필요하다 -『템페스트』• 181
마법의 섬과 거기서 거기인 삶 • 186
나쁜 꿈 • 191
"다음에 다시 봐요 우리" • 195

참고하거나 인용한 책들 • 199

1부

사
랑

'장기 적출' 커플

1

부천역 북부광장 근처 카페에서 한 커플을 만났다. 정확히 말하자면 만난 건 아니었다. 그저 내 옆자리에 앉아 이야기를 나누다가, 나보다 먼저 일어선 손님들이었으니까. 그때 나는, 너무 까매서 투명해 보일 지경인 아메리카노를 앞에 놓고 셰익스피어를 읽고 있었다. 새해를 이틀 앞둔 세모歲暮의 밤이었다. 아니, 이미 자정을 넘긴 시각이었으니 하루 전이라고 해야 맞겠다.

2

누군가 막 내 옆자리에 와 앉으려는 순간, 입구 쪽에서 웬 여자가 눈이다, 하고 외치는 바람에 나는 잠깐 고개를 들어 시린 눈으로 창밖을 내다봤다. 어둠 속으로 진눈깨비가 흩날리고 있었다. 맥없이 눈을 몇 번 깜빡이고 나서 셰익스피어

쪽으로 다시 시선을 돌렸을 때, 내 옆자리에서는 20대로 보이는 남녀가 앉아 인사를 나누는 중이었다. 그들은 "아, 예"를 반복하며 사람 이름이라고는 도저히 믿기지 않는 호칭으로 서로를 불렀다. 인터넷을 통해 닉네임으로만 알고 있다가 즉흥적으로 만난 커플인 모양이라고, 나는 생각했다.

3

어색하게 웃으며 서로를 탐색하는 젊은 커플의 모습은, 막 자정을 넘긴 시각에 혼자 카페에 앉아 셰익스피어나 읽고 있는 한심한 중년 남성의 시선을 끌기에 충분했지만, 그렇다고 난생처음 보는 상대를 빤히 쳐다볼 수는 없는 노릇이었다. 나는 얼른 시선을 거두고 너무 까매서 투명해 보일 지경인 아메리카노를 한 모금 들이켰다. 아주 쓴맛의 어둠 한 모금이 내 몸속을 까맣게 물들이는 동안, 나는 옆자리에 앉은 젊은 커플의 대화를 엿들었다.

4

"모르는 남자가 만나자고 하는데 무섭지 않았어요? 혹시 장기 적출하려고 접근하는 나쁜 사람이면 어쩌려고요?"

"저도 그런 걱정이 들긴 했는데, 사람 많은 곳에서 보는 거라 괜찮겠다 싶었어요."

"그래도 요즘 세상이 워낙 겁나잖아요."

"맞아요. 장기 적출도 그렇고 연쇄 살인범도 많으니까요."

"저는 안 나오실 줄 알았어요. 장기 적출하려고 접근하는 남자려니 생각하셨을 것 같아서요."

"장기 적출 얘기만 자꾸 하시니까 은근히 겁나는데요."

5

연쇄 살인범에 대해 토론하려고 만난 것도 아닐 텐데, 진눈깨비가 흩날리는 세밑에 처음 만난 20대 커플의 대화에 장기 적출이라니. 까맣게 물든 내 몸속 장기들이 목구멍을 타고 꾸역꾸역 넘어오는 기분이었다. 창밖을 내다보는 척하며 다시 고개를 들어 옆자리를 슬쩍 훔쳐보니, 대화 내용과 상관없이 두 사람은 상대가 마음에 드는지 연신 빙글거리고 있었다. 여자 쪽이 더 흥미를 보이는 것 같기도 했고.

진눈깨비

1

말없이 숨죽이며 그들의 대화를 엿듣고 있는 내가, 어쩐지 『로미오와 줄리엣』 4막 2장에 나오는 캐풀릿 가문의 하인처럼 여겨졌다. 연극을 통틀어 오직 이곳에만 등장해, 캐풀릿에게 곧 열릴 결혼식 초청장을 받아 들고 맥없이 나가는 역을 맡은 그 하인. 아주 잠깐 등장하는데다 대사도 없어, 어떤 연구자들은 셰익스피어가 자신이 맡을 깜냥으로 집어넣었을 것이라고 해석한다던가. 하긴 네, 라는 대사조차 부여받지 못한 배역을 선뜻 맡겠다고 나설 배우가 흔치는 않을 테니까.

2

모두들 무대 위에서 자기 목소리가 쩌렁쩌렁 울리는 걸 즐길 때, 혼자 숨죽이고 있어야 하는 그 하인에게 로미오와 줄리엣은 어떤 존재로 비쳤을까. 자신의 목소리를 앗아간 흉

악범처럼 보였을까. 장기 적출을 일삼는 연쇄 살인범처럼?

목소리라…… 이런 경우에도, 장기 적출이라고 할 수 있으려나.

3

한 음절의 대사조차 부여받지 못한 저 하인은, 셰익스피어를 괴롭히던 어느 후원자의 덜떨어진 아들이거나, 권력자의 말썽쟁이 조카일지도 모른다는 생각이 들기도 했다. 배역을 하나 만들어줄 수 없겠느냐는 무례한 요구에 어쩔 수 없이 끼워 넣긴 했지만, 차마 대사까지 만들어줄 수는 없었으리라. 셰익스피어 나름의 소심한 저항이었달까.

4

하지만 상대가 누가 되었든 부정도 긍정도, 부인도 시인도 받지 못하게 만드는 건 가혹한 짓이다. 햄릿처럼, 모두가 그 존재를 긍정하지 않을 수 없거나 그 이름을 모른다고 부인할 수 없게 되든가, 아니면 『헨리 4세』의 팰스태프처럼, 누구보다 자신을 잘 알 거라고 믿었던 존재에게서, 네가 누구인지도 모르고 이름도 모르며 본 적도 없다, 는 말을 듣게 되든가 둘 중 하나여야 한다. 그런 것이 바로 존재의 형식일 테니까. 저 하인처럼 모두가 작당해서 비非존재로 만들어버리는 건, 뭐랄까, 그건, 정말이지…… 슬픈 일이다.

5

아니다. 그런 게 아닐지 모른다. 셰익스피어는 우울했던 것이다. 너무 우울했던 나머지, 우울해하는 자신을 보고 싶었는지도 모른다. 자신의 연극에서 한 음절의 대사조차 부여받지 못하고 쓸쓸히 무대 밖으로 퇴장하는 자신의 뒷모습을 보고 싶었는지도 모른다. 그러고는 이렇게 중얼거렸으리라.

나는 너를 모른다, 너의 이름도 모르고, 너를 본 적도 없다.

그렇게 생각하니, 나 또한, 그렇게 말해주고 싶어졌다. 내 안에 있는 또 다른 나에게.

6

카페를 나오면서 '장기 적출' 커플은 자연스럽게 잊혔다. 따지고 보면 장기 적출이라는 단어가 그렇게 무시무시한 것만도 아니었다. 그것은 무슨 주택담보대출 이름 같기도 했고, 호신술에 쓰이는 용어처럼 들리기도 했다. 또 아는가, 지구 어느 곳에선가는 진눈깨비를 그 비슷한 발음으로 부르는지.

나는 장기 적출이라고 여러 번 되뇌면서, 마치 그것이 지금 내 머리를 적시는 진눈깨비라도 되는 양 세밑의 밤하늘을 올려다보았다. 어두운 하늘에서 젖은 눈송이들이 아우성처럼 쏟아져 내렸다. 대사 한 마디 얻지 못한 저 하인을 위해 하늘이 내리는 선물인 것처럼.

한밤의 셰익스피어

1

그렇게 잊히는 줄 알았는데, 아니었다. 물론 그들을 다시 만났다는 건 아니지만, 그렇다고 까맣게 잊히지도 않았다. 늘 머릿속을 맴돌았다. 그들의 모습은 물론 그들이 나눈 대화까지 마치 가위로 오려낸 것처럼 선명하게 되새겨지곤 했다. 그중에서도 특히 '장기 적출'이라는 단어는 좀처럼 머릿속을 떠나지 않았다.

2

사실 그 카페는 일 때문에 밤에 종종 찾던 곳이었다. 출판사에서 교정 교열 일거리를 받아 혼자 일하다 보니 주로 관내 도서관을 이용하는데, 밤 10시면 도서관이 문을 닫는지라 일이 급할 때는 하는 수 없이 밤 카페를 전전할 때가 많았다. 그렇게 찾았던 곳 가운데 한 곳이었다. 무엇보다 조명이 환해서, 여기다 싶었던 곳이었다. 도서관 조명과 달리 조도가 지나치게 낮은 곳에서 일을 하다 보면 눈이 아파서 고생을 하곤 했기 때문이다.

3

안구건조증 진단을 받은 뒤로는 더 조심했는데도 이미 노화가 시작된 눈은 나아질 기미를 보이지 않았다. 결국 의사의 조언대로 일을 쉬기로 했다. 교정지 없이 한밤중에 카페에 앉아 있는 호사를 누리게 된 것도 그런 연유에서였다.
그런데, 셰익스피어는 갑자기 왜 등장한 거지?

4

아무리 생각해봐도 뜬금없었다. 셰익스피어라니! 연극을 좋아하는 것도 아니고, 희곡 읽기를 즐기는 것도 아닌데…… 별일이었다.

5

혹시 글자가 상대적으로 적어서 그랬을까? 책에 적힌 글자도 글자는 글자이니, 비록 교정지의 글자만큼은 아니더라도 눈에 피로를 주긴 할 테니까 말이다. 눈이 아플 정도로 교정지를 보고 난 날은 눈과 머리는 물론 몸 전체가 무겁기 그지없어서 잠에 들기도 쉽지 않을뿐더러 아침에 깨기도 어려워 애를 먹곤 했다. 누군가에게 심하게 얻어맞거나 하루 종일 힘에 부칠 정도로 막노동을 한 것만 같았달까.

6
나중에 알았다. 그게 눈 때문만은 아니었다는 걸. 우울감이 심해지면 그럴 수 있다는 얘기를 들었다.

7
아무려나 '장기 적출' 커플과 셰익스피어는 우울감에 시달리던 내게 동지가 되어주었다. 그날 밤 이후 나는 가끔 자정이 넘은 시각에 혼자 셰익스피어의 책을 들고 그 카페를 찾아가곤 했다. 혹시나 운이 좋으면 그 커플을 다시 볼지도 모른다는 희망을 품고……

8
그렇게, 한밤의 셰익스피어 읽기가 시작되었다.

h와 H 사이에 놓인 남자

-『햄릿』

1

햄릿도 셰익스피어만큼이나 우울했던 인물이다. 자신의 어머니가, 하필이면 선왕인 아버지를 죽인 작은아버지와 결혼했으니 우울하지 않았다면 그게 더 이상했겠다. 그도 나처럼 위며 장이며 간이 상했던 걸까. 하루 종일 배에 가스가 차서 농구공처럼 부풀어 오르고 헛구역질이 올라오고 걸을 때마다 허방을 짚는 것만 같았을까. 아쉽지만 그런 내용은 대사에도 지문에도 나와 있지 않아 확인할 길이 없다.

2

어쨌든 햄릿은 나보다 더 우울했으면서도 나처럼 징징대지 않았다. 대신 그는 자신을 둘러싼 인물들을 모두 자신 안에 욱여넣었다. 선왕의 유령은 물론, 선왕을 독살하고, 자신이 앉아야 할 왕좌를 차지한 작은아버지 클로디어스와, 그의 왕비가 된 어머니 거트루드, 그리고 미쳐서 물에 뛰어든 연인 오필리아마저 자신 안으로 밀어 넣었다. 심지어 커튼 뒤에 숨어 있다 햄릿의 무자비한 칼에 맞는 오필리아의 아버지까지. 그래서인지 혼자 1인 다역을 하는 것처럼 보이기도 한다.

3

더군다나 햄릿에게는 우울을 덜어줄 짝패도 없었다. 『맥베스』의 맥베스에게는 살인을 부추기고 스스로는 미쳐버리는 맥베스 부인이, 『오셀로』의 오셀로에게는 의심과 질투의 불을 지피는 이아고가, 『헨리 4세』의 해리스 왕자에게는 왈짜패로 온갖 악행을 일삼는 팰스태프가 있었고, 심지어 『템페스트』의 프로스페로에게도 무인도에서 마치 개처럼 사육당한 캘리번이 있었지만, 햄릿에게는 아무도 없었다. 그는 스스로 맥베스 부인이 되고, 이아고가 되고, 팰스태프가 되고, 심지어는 캘리번도 되어야 했다.

4

또한 햄릿에게는 이렇다 할 과거, 그러니까 되찾아야 할 영광도 감추어야 할 과오도 없었다. 그에게 문제가 되는 것은 다만 소문자 햄릿^{h}으로 남아야 하는지 아니면 대문자 햄릿^{H}이 되어야 하는지뿐이었다. h는 가장 추레한 주어고, H는

h의 머리 위에 왕관을 씌운 가장 강력한 주어, 곧 왕이었다. "살아야 하느냐 죽어야 하느냐 그것이 문제"라는 햄릿의 대사는 h로 남아야 하느냐 H가 되어야 하느냐 그것이 문제라는 의미가 아니었을까. 오직 왕이 되느냐 아니냐만이 중요했던 왕세자에게 살고 죽는 문제는 차라리 부차적인 것이었을 테니까.

5

실제로 햄릿은 왕이 되기에 충분할 만큼 명민하고 주도면밀할 뿐 아니라 결단력까지 갖춘 인물이었다. 게다가 만만치 않게 포악한데다, 심지어는 미친 척까지 감행할 정도로 의지 또한 강했다. 어디 그뿐인가. 이 희곡에서 덴마크 왕국의 주변 정세를 가장 정확하게 꿰뚫은 인물도 다름 아닌 햄릿이었다. 노르웨이 왕의 조카가 병력을 이끌고 폴란드로 향해 가기 위해 덴마크를 통과할 때, 그가 돌아오는 길에 덴마크를 그냥 통과하지 않으리라는 걸, 아니 폴란드 점령은 핑계에 불과하다는 걸 간파한 것도 햄릿이었고, 영국으로 쫓겨 가는 길에 클로디어스의 밀서를 위조해서 영국과의 분쟁을 초래한 것도 햄릿이었다.

말하자면 그는 국내외의 모든 갈등과 분쟁을 자신의 왕궁으로 향하게 만든 셈이다. 자신의 왕국을 세상의 중심에 놓고, 갈등과 분쟁을 해결하거나 돌파함으로써 대문자 주어 중에서도 가장 크고 강력한 대문자 주어가 될 만반의 준비를 마친 것이다.

하지만 그는 강력한 대문자 주어는커녕 자신이 거느려야 할 술어와 내쳐야 할 술어조차 구분하지 못하는 분열적인 주어가 되고 말았다.

6

안타깝게도 그에게는 주군을 대신해 손에 피를 묻혀줄 가신이 없었다. 맥베스 부인처럼 자신의 손에도 피를 묻히고 와서는, 당신의 손과 마찬가지로 내 손도 피로 붉게 물들었다, 하지만 내 마음은 당신 마음처럼 그렇게 새하얗게 질리지 않았다, 고 말하며 맥베스를 다잡고 결국엔 그 피 묻은 손 때문에 미쳐버리는 짝패가 없었다.

7

마침내 그는 h로 남을 수도 H가 될 수도 없는 딜레마에 봉착하고 말았다. 더 정확하게 말하자면 H가 되기 위해 부정해야 할 h를 갖지 못한 것이다.

피리

1

 미친 척으로 일관하던 햄릿이 정색을 하는 장면이 딱 한 번 나온다. 연극패를 불러 왕궁 안에서 자신이 연출한 연극, 그러니까 클로디어스가 선왕을 독살하고 선왕의 왕비인 거트루드를 차지하는 내용의 연극을 공연한 뒤, 화가 나서 공연장을 떠난 클로디어스와 거트루드를 대신해 자신을 찾아온 어린 시절 친구이자 궁정 신하인 길든스턴을 맞는 장면이다.

 길든스턴은 햄릿의 어머니인 왕비가 햄릿을 따로 보고 싶어 한다면서 왜 이런 미친 짓을 하느냐고 훈계한다. 그러자 햄릿은 그에게 난데없이 피리를 불어보라고 말한다.

2

길든스턴 저하, 못 붑니다.
햄릿 부탁이야.

길든스턴 정말이지, 못 붑니다.

햄릿 자네에게 간청하네.

길든스턴 그걸 만질 줄 모릅니다, 저하.

햄릿 거짓말처럼 쉬워. 손가락과 엄지로 구멍을 막고, 입으로 숨을 불어넣으면 가장 감명 깊은 음악을 들려줄 것이야. 보라고, 이것들이 구멍이야.

길든스턴 허나 그것들을 구사하여 어떤 화음도 만들어낼 수 없습니다. 그런 기술이 없습니다.

햄릿 그래, 이 보라고. 자네가 날 얼마나 형편없는 물건으로 생각하나. 자넨 날 연주하고 싶지. 내게서 소리 나는 구멍을 알고 싶어 하는 것 같아. 자넨 내 신비의 핵심을 뽑아내고 싶어 해. 나의 최저음에서 내 음역의 최고까지 울려보고 싶어. 그렇다면, 여기 이 조그만 악기 속엔 많은 음악이, 빼어난 소리가 들어 있어. 그런데도 자넨 그걸 노래 부르게 못해. 빌어먹을, 자넨 날 피리보다 더 쉽게 연주할 수 있다고 생각해? 나를 무슨 악기로 불러도 좋아, 허나, 나를 만지작거릴 순 있어도 연주할 순 없어.[1]

---

1 윌리엄 셰익스피어, 『햄릿』, 최종철 옮김, 민음사, 1998.

3

이 대사는 길든스턴이 대신하고 있는 왕과 왕비뿐만 아니라, 나 같은 독자나 연극을 보러 온 관객 또한 겨냥하는 듯하다.

"책 한 권 사서 읽고 연극 표 한 장 구입해서 나를 보았다고 나를 알 수 있을 거라고 생각해? 너희들이 대체 뭔데? 내가 누군지나 알고 있는 거야? 사느냐 죽느냐 그것이 문제라고? 너희들 눈엔 내가 조숙해 보이고 싶어 안달 난 중학생쯤으로 보이나? 감히, 너희들이, 나에 대해 왈가왈부해? 감히 너희 같은 것들이!"

4

햄릿이 자신의 칼을 쥐고 부들부들 떠는 것은 작은아버지를 향한 복수심 때문도 어머니에게 느낀 배신감 때문도 아니라는 생각이 문득 들었다. 그는 다만 자신의 자리를 더럽힌 것들에게 치를 떠는 것이다.

감히 너희들이 내 자리를 더럽혀? 이 세상 유일한 왕, 유일한 '주어'인 내 자리를? 감히 너희 따위가?

5

나는 그의 분노를 고스란히 받아주었다. 내 몸도 부르르 떨렸다. 내 안의 어떤 존재가 그의 말에 공명하며 떨었다. 내 안의 어떤 존재가 그의 대사를 고스란히 반복했다. 그러자 내 배가 다시 농구공처럼 부풀어 올랐다.

포도주

1

농구공처럼 부푼 배를 꺼뜨리기 위해 포도주를 마셨다. 부르고뉴 2005년산. 선물로 받은 것일 텐데, 언제 누구한테 받았는지 기억나지 않는다. 다용도실 한쪽 구석에 처박혀 있던 것을 며칠 전에 발견했다. 접이식 칼에 딸린 코르크 따개로 아무리 용을 써봐도 열리지 않기에 포기했던 포도주였다. 천원숍에서 2천 원 주고 새로 사온 코르크 따개로 열어봤더니 단번에 열렸다. 천원숍에서 같이 사온 땅콩을 안주로 포도주를 마셨다.

맛은 그냥 그렇다. 실은 포도주 맛도 모른다. 알면 멋들어지게 와인이라고 했겠지. 내겐 그냥 포도주일 뿐이다. 소주, 맥주, 포도주. 술은 그저 잠들기 편안하게 해주면 그뿐, 그밖에는…… 별 관심이 없다.

2

포도주에는 관심이 없어도, 포도주 하면 떠오르는 사람은 있다. 내 친구 엄마다. 내 친구가 약국집 아들이었으니 그 엄마는 아마도 약사였으리라. 아니, 아빠 쪽이 약사였던가?

어쨌든 내 나이 여섯 살 때였다. 그때는 집에서 포도주를 담가 마셨다. 설탕을 듬뿍 타서 포도주인지 포도주스인지 구분이 가지 않는 포도주.

어느 날 약국집 친구가 말했다.

"오늘 우리 집에서 포도주 담근대. 가자."

갔다. 포도주 담그는 걸 구경할 목적이었는데, 가보니 이미 다 끝나버렸다. 마당 한쪽에 핏빛으로 물든 함지박과 바가지가 뒹굴고 있었다. 이미 불콰해진 친구 엄마가 마시지 않겠다는 나를 무릎에 눕히고는 포도주를 한 대접이나 강제로 먹였다. 그러고는 자지러지게 웃었다. 온몸으로 웃는 여자였다. 내가 화를 냈던가? 그럴 리가. 싫은 티도 제대로 내지 못했을 게 뻔하다.

어쨌든 나는 집에 가겠다고 말하고 그 집을 나왔다. 비틀거리며 육교를 건너고 어느 집 문턱에 앉아 꾸벅꾸벅 존 것까지만 기억한다. 깨어보니 방이었고 외할머니 말에 따르면 내가 이틀간 꼼짝없이 앓았단다. 그사이 내 엄마는 약국으로 쳐들어가 그 아줌마와 대판 싸움을 벌인 모양이다. 왜 아니겠는가. 여섯 살짜리 아이를 술을 먹여서 그것도 혼자 보냈으니. 그 아줌마는 욕을 먹으면서도 웃었단다. 엄마 말에 따르면 그렇다. 묘한 아줌마였다.

3

이틀간 앓으면서 나는 내내 똑같은 꿈을 반복해서 꾸었다. 이제까지 꾼 꿈 중에서 그나마 선명하게 기억하는 유일한 꿈이다. 다시 꾸고 싶지만 한 번도 성공한 적이 없는 꿈이기도 하다. 단순하기 그지없는 꿈.

등장인물은 나 혼자고 배경이랄 만한 것도 없다. 비단을 깔아놓은 듯 매끄러운 바닥을 엉덩이로 하염없이 미끄러지다가 자갈밭처럼 울퉁불퉁한 바닥을 엉덩이를 쿵쿵쿵 찧으며 달려가는 꿈이었다. 비단길이었다가 자갈밭이었다가 다시 비단길이었다가 자갈밭이었다가.

꿈은 말하고 있었다. 네 삶은 비단길이었다가 자갈밭이었다가 다시 비단길이었다가 자갈밭일 것이다. 아니, 꿈이 전한 말은 이런 것이 아니었을까. 삶은 엉덩이다. 알겠느냐?

4

삶은 엉덩이다. 엉덩이에서 시작해서 엉덩이로 끝난다. 그 사이는 어딘가 엉덩이를 붙일 만한 곳을 마련하느라 애쓰는 시간일 뿐. 엉덩이 말고 더 필요한 것이 있을까? 머리? 삶을 기만하는 그것? 가슴? 나를 기만하는 그것?

선승들의 깨달음도 엉덩이 덕이고 모든 예술도 결국은 엉덩이 덕일 뿐이다. 누군가에게 알랑방귀를 뀌다는 의미의 영어 표현이 그 누군가의 엉덩이에 키스하다인 것만 봐도 그렇잖은가. 삶을 가장 적나라하게 표현한 말이 아닌가. 산다는 건 결국 알랑방귀를 뀌는 것이니까. 나한테든 다른 사람에게든.

5

포도주 마시고 벌게진 얼굴로 나는 혼자 중얼거렸다. 내 엉덩이에 키스하고 싶은데 영 자세가 안 나오네. 요가라도 배울까? 내게 억지로 포도주를 먹이고 자지러지게 웃었던 그 아줌마를 다시 한 번 만나보고 싶다. 아마도 그 아줌마는 자기 엉덩이에 가뿐하게 키스할 수 있지 않았을까. 삶이 엉덩이라는 걸 누구보다 잘 알았으며 내게 아주 유쾌하게 알려준 아줌마. 그 웃음소리, 기억난다.

나는 네가 누구인지 모른다
-『헨리 4세』

1

엉덩이 아줌마는 분명 햄릿과는 전혀 다른 삶을 살았을 것이다. 그녀에게는 오히려『헨리 4세』의 해리스, 곧 할 왕자의 삶이 더 어울리지 않았을까. 팰스태프가 속한 왈짜패 무리에 섞여 온갖 악행을 서슴지 않다가 바로 그 왈짜패 무리와 함께 반란군을 물리치고 왕이 되는 인물.

2

전쟁이 끝나고 왕궁으로 돌아온 어느 날, 늘 밤잠을 설치는 선왕 헨리 4세가 깜빡 잠이 들었을 때, 할 왕자는 왕의 머리맡에 놓인 왕관을 가만히 자신의 머리에 써본다. 이 왕관의 무게가 자신의 아버지를 그토록 짓눌렀던가, 홀로 중얼거리며, 그는 왕관을 쓴 채로 잠시 무대를 떠난다. 그사이 잠에서 깨어난 헨리 4세는 할 왕자가 왕위를 찬탈한 것으로 알고 진노하지만, 곧바로 다시 무대로 돌아온 할 왕자는 왕에게 자신의 진심을 전한다.

3

하지만 할 왕자의 대사는 반만 진실이다. 왕이 아닌 아버지에게라면 얼마든지 사랑을 전할 수 있지만, 왕으로서의 아버지라면 그럴 수 없는 것이 모든 왕세자들의 운명이니까. 왕관을 머리에 쓴 순간 그는 이미 왕으로서의 아버지를 죽인 셈이다. 말하자면 그 순간 그는 왈짜패 할 왕자, 곧 h에서 왕관을 머리에 쓴 대문자 주어, 곧 H가 된 것이다.

4

그리고 마침내 할 왕자가 헨리 5세로 즉위한 순간, 소식을 듣고 눈썹이 휘날리도록 달려온 팰스태프에게 그가 던진 대사는, 햄릿이 그렇게 꼼짝없이 갇혀버린 딜레마에서 할 왕자, 아니 헨리 5세가 어떻게 빠져나오는지를 잘 보여준다.

> "나는 네가 누구인지 모른다, 네 이름도 모르고 심지어 너를 본 적도 없다, 그러니 내 근처에 얼씬거리지 마라, 네가 지금까지와는 전혀 다른 평판을 얻게 된다면 그때 너를 볼 것이다."[2]

이 대사에서 헨리 5세가 '너'라고 표현한 인물은 팰스태프이면서 할 왕자 자신이기도 할 것이다.

5

팰스태프는 배신감에 치를 떨었겠지만, 동시에 크게 안도했을지도 모른다. 그 목소리는 할 왕자의 목소리이기도 하고 헨리 5세의 목소리이기도 하니까. 자신과 오랫동안 동고동락했던 할 왕자의 목소리라면 치를 떨 만했겠지만, 헨리 5세의 목소리라면 안도감을 느끼기에 충분했으리라. 그는 아마도 이렇게 중얼거리지 않았을까.

"왕이 나를 모른다고 말한다. 내 과거의 행적도 모르고 내가 누구인지도 모른다고. 그렇다면 나는 팰스태프로 남을 수 있다. 이것이야말로 왕이 된 할 왕자가 내게 베푼 시혜가 아닌가. 나는 나를 부정할 필요가 없다……"

---

2 윌리엄 셰익스피어, 『헨리 4세 2부』, 김정환 옮김, 아침이슬, 2012.

적출 혹은 누출

1

그런 의미에서 나 또한 '장기 적출'의 주인공들을 비존재로 만들어서는 안 되겠다. 기억하기로, 그들은 그날 밤 나보다 먼저 카페를 떠났다. 둘 다 친구들이 근처에서 기다리고 있어서 가봐야 한다면서도 좀처럼 일어나지 않고 대화를 이어가더니, 결국에는 아쉬워하며 헤어졌다.

그들이 다시 만났다는 데 베팅하겠다. 최소한 한 번쯤은 다시 만났을 것이다. 첫 만남에서 '장기 적출' 운운한 커플이라면 서로를 모르는 척할 수는 없을 테니까.

한두 번 만나고 영영 헤어졌더라도 서로를 쉽게 잊지는 못할 것이다. 오랜 시간이 흐른 뒤 신문 사회면이나 텔레비전 뉴스를 통해 끔찍한 사건을 접하고 문득 서로를 다시 떠올릴 수도 있으리라. 아니, '장기臟器'와 관련된 모든 말들이 서로를 떠올리게 만들지 않을까.

2

만일 남자가 '장기 누출'이라고 말했다면 실언이었겠지만, '장기 적출'은 실언이 아니다. 상황에 맞는 말이었다고는 할 수 없지만, 어쨌든 둘 사이에 낀 어색함을 지우고 잠깐 동안이나마 대화를 유지할 수 있게 해주었다. 게다가 서로를 각인시켜 결코 잊지 못하도록 만들지 않았는가.

3

언젠가 그들이 우연히 다시 만나 자신들의 저 기묘한 첫 만남을 떠올리면서, "우리가 정말 그런 무시무시한 말을 했어요?" "그러게요, 왜 그런 말을 했을까요?" 하며 쑥스러워할 때, 내가 쓴 이 글이 그들의 추억을 되살리는 데 도움이 된다면 더할 나위 없겠다. 그것 말고 달리 무슨 의미가 있겠는가.

4

하긴 '장기 적출'이든 '장기 누출'이든 무슨 상관이라고. 나 혼자 이렇게 중얼거릴 뿐인데. 맥없이 중얼거리다 보니 '장기 적출'과 '장기 누출'이 마치 오랫동안 한 방울씩 흘려왔거나, 몸속 저 깊은 곳에서부터 조금씩 조금씩 밀려올라온 눈물을 가리키는 말처럼 들린다.

얼마나 오랜 시간이 지나야
내 몸속 장기가 흘린 눈물이
내 양 볼을 적실 수 있을까

1

똑, 똑, 똑……

몸속 어딘가에 맺혔던 눈물이 한 방울씩 떨어져 내리는 소리가 들리는 듯하다. 얼마나 오랜 시간이 지나야 내 몸속 장기가 흘린 눈물이 내 양 볼을 적실 수 있을까.

2

내 몸속 장기 중 하나는 그렇게 아주 오랜 시간 눈물을 흘리는 대신, 끊임없이 내 몸 밖으로 빠져나오려고 애쓰곤 했다. 나는 아주 오랜 시간 그 장기가 제 위치를 벗어나는 걸 느끼고 손끝을 이용해 몰래 몸 안으로 밀어 넣기를 반복해야 했다.

3

내 몸속 장기 또한 내 팔다리처럼 중력의 지배를 받는다는 사실을 매번 확인해야 하는 건 결코 달가운 경험이랄 수 없었다. 어린 나는, 얼마나 오랜 시간이 지나야 내 몸속 장기가 흘린 눈물이 내 양 볼을 적실 수 있을까, 라고 생각하는 대신, 몸 밖으로 밀고 나오려고 애쓰는 부분만이라도 잘라내버릴 수는 없을까, 고민했었다. 내 손이 아주 예리한 날을 가진 칼이 되는 꿈을 꾸곤 했던가.

4

하지만 내 손이 온기를 가진 것처럼 내 손끝에 만져지는 내 장기 또한 따듯했고, 무엇보다 살아 있었다. 그 느낌은 아직도 내 손끝에 고스란히 남아 있다. 아무리 오랜 시간이 흘러도 지워낼 수 없는 그 느낌.

5

아무리 오랜 시간이 흘러도 지워낼 수 없는 경험이 꼭 자신의 장기와 관련 있는 것만은 아니다.

내 아버지는, 오랜 시간 살을 맞대며 살아온 당신의 여자가 의식을 잃고 누워 있는 수술실 안으로 불려 들어갔다가, 울먹이는 표정으로 다시 나와서는 내게 이렇게 말했다.

"네 엄마가, 가슴이 다 벌어져서, 의사가 뭘 자꾸 확인하라고 해서, 그런데 거기, 심장이, 네 엄마 심장이, 한가운데 있는데, 뛰질 않는 거야, 의사가 뭐라고 하니까, 그때 네 엄마 심장이, 심장이 뛰더라고, 네 엄마 심장이……"

6

내 아버지는, 당신과 오랜 시간 살을 맞대며 살아온 여자의 심장을 보았다. 그것도 멈춰 있는 모습과 다시 뛰는 모습을 한자리에서 보았다. 내 아버지는 그날 당신이 본 것을 쉽게 잊을 수 없을 것이다. 당신과 오랜 시간 함께한 여자의 심장을 본 그날을.

7

내 어머니의 심장이 다시 뛰는 것을 본 그날로부터 정확히 6년 4개월 뒤 아버지는 충수염 수술을 위해 수술대 위에 누웠다. 이번엔 내가 수술실로 불려 들어갔다. 의사는 아버지의 배 속에서 떼어낸 맹장을 내게 보여주었다.

"많이 부었죠? 정상 크기보다 좀 큽니다. 그리고 여기 둥근 부분, 그러니까 여기가 대장까지 이어지는 바람에 염증이 번졌어요. 회복 기간이 일반 충수염 수술보다 길어질 겁니다. 내내 죽 드셔야 되고요."

8

아버지의 몸 밖으로 나온 맹장을 보며, 색깔이며 크기가 꼭 씨알이 굵은 토란 같다고 생각했다. 하지만 울먹일 일은 없었다. 의사의 말을 듣고 나는 짧게 알았다고 대답하고는 바로 수술실을 나왔다. 내가 서 있는 곳에선 수술대 위에 누워 있는 아버지의 모습이 보이지도 않았다. 서늘한 공기 속으로, 마치 몰래 숨어든 악동들처럼 봄 햇살이 소리를 죽인 채 키득거리고 있었다. 꼭 나를 향해 키득거리는 것만 같았다. 수술실을 나오면서 나는 생각을 바꿨다. 아버지의 맹장은 토란이 아니라, 수술 때문에 맨발에 슬리퍼를 신고 있던 의사의 엄지발가락을 닮았다고.

9

내 탈장은 '장기 누출'이고, 아버지의 맹장은 '장기 적출'이다.

10

얼마나 오랜 시간이 지나야 내 몸속 장기가 흘린 눈물이 내 양 볼을 적실 수 있을까.

사랑하는 나와 사랑받는 나
-『오셀로』

1

장기臟器가 정말 그렇게 중요한 걸까?『오셀로』의 주인공 오셀로는 자신의 아내인 데스데모나의 심장이라도 봤어야 했을까. 그들의 사랑이 비극을 맞게 된 것이 단지 이아고의 이간질 때문이었을까. 글쎄.

2

오셀로는 무어인이었다. 무대가 된 베니스에서는 이방인이었던 셈이다. 낯선 이방인으로서 베니스 귀족의 딸과 결혼했다. 게다가 터키의 공격에 대처해야 하는 그곳에서 그는 이이제이以夷制夷를 위한 용병대장쯤으로 활용되었다.

3

오셀로가 들려주는 이국적인 이야기에 흠뻑 빠지면서

데스데모나의 사랑이 시작되었다는 게 흥미롭다. 아마도 오셀로를 사랑함으로써 자신이 그 이국적인 이야기의 주인공이 될 거라고 믿었던 모양이다. 하지만 오셀로에겐 데스데모나의 사랑이 오히려 이국적인 이야기처럼 여겨졌으리라. 데스데모나를 사랑함으로써 자신이 더 이상 이국적인 이야기로만 인정받는 사람이 아니기를 바랐을지도 모른다.

오셀로는 오셀로로서 사랑했지만, 다른 오셀로로서 사랑받았다. 데스데모나 또한 데스데모나로서 사랑했지만, 다른 데스데모나로서 사랑받았다. 겉모습만으로도 그들은 서로가 얼마나 다른 사람인지 매번 깨달았을 것이다.

4

이아고는 이미 이들 사이에 잉태해 있었다. "많은 사건들이 시간의 자궁 속에 들어 있지. 곧 분만될 사건들이"[3]라는 이아고의 대사에서 '많은 사건들'은 곧 그들 안의 이아고를 말하는 것일 테니까. 달리 무엇이겠는가. '나'로서 사랑하고, '다른 나'로서 사랑받는 자들의 운명 안에 도사린 이아고.

5

끊임없이 사랑을 확인받고자 하는 욕망은 '사랑하는 나'

---

3   윌리엄 셰익스피어, 『오셀로』, 최종철 옮김, 민음사, 2001.

와 '사랑받는 나'가 다르기 때문이다. 우리는 누구나 나와는 다른 나로서 사랑받고 그/녀와는 다른 그/녀를 사랑한다. 사랑을 확인받고자 하는 욕망은 나와 다른 나를 하나로 만들거나, 그/녀와 다른 그/녀를 하나로 만들기 위한 것이 아니다. 그것은 다만 사랑하는 내가 사랑받는 내게 느끼는 질투일 뿐이다. 어쩌면 사랑은 바로 이 질투 때문에 이어지는지도 모른다. '주어'에 대한 '나'의 질투가 삶을 이어가게 해주듯이.

6

"이제 나는 홀로 나의 살해자와 함께 있다"라는 오스트리아의 시인 게오르크 트라클$^{Georg\ Trakl}$의 시구를 살짝 바꿔 달리 표현하자면, "이제 나는 홀로 나의 주어와 함께 있다" 혹은 "이제 사랑하는 나는 홀로 사랑받는 나와 함께 있다" 정도가 될 수 있으려나.

홀로, 함께 있다. '나'와 '사랑하는 나'가 홀로, 언젠가는 부인하고 부정함으로써 '나의 살해자'로 만들게 될 그들, 곧 나의 '주어' 그리고 '사랑받는 나'와 함께.

가면

1

'사랑하는 나'와 '사랑받는 나'가 극단적으로 어긋난 예를 오스카 와일드의 『도리언 그레이의 초상』에서도 볼 수 있다.

연극배우 시빌 베인의 연기를 보고 반한 도리언은 신분의 차이에도 불구하고 그녀와 결혼할 생각을 밝힌다. 친구들이 끝까지 말리자 도리언은 자신이 사랑하는 여인을 직접 '보여주기' 위해 친구들을 데리고 극장을 찾는다. 하지만 그날 밤 시빌의 연기는 엉망이었다. 도리언은 화가 머리끝까지 치밀었다. 그런 도리언에게 시빌은 더 이상 사랑에 빠진 역을 연기할 수 없었노라고 변명한다. 왜냐하면 당신을 사랑하게 되었으니까. 당신을 사랑하고 나니 줄리엣을 비롯한 모든 역할이 아무런 의미가 없어졌다는 것이다. 이런 감동적인 고백을 듣고 도리언은, 놀랍게도, "당신은 내 사랑을 죽였어"라고 말한다.

2

시빌의 고백은 감동적이긴 하지만, 진실은 아니다. 그날 밤 그녀의 연기가 엉망이 된 이유는 도리언 같은 사람이 왜 자신을 사랑하는지 알 수 없었기 때문이었다. 단지 사랑받는 나를 질투하는 선에서 끝냈어야 했는데, 이 가련한 아가씨는 사랑을 너무 몰랐다.

하지만 단지 질투하는 선에서 그치지 않는 바람에 새롭게 알게 된 사실도 있다. 도리언의 입을 통해 자신이 누구인지 분명히 알게 됐으니까.

3

"당신은 내 사랑을 죽였어. 당신은 내 상상력을 자극했었지. 이제 당신은 내 호기심조차 자극하지 않아. 당신은 그저 아무런 느낌도 주지 않는다고. 난 당신을 사랑했지. 당신이 놀라운 존재였기 때문에, 당신에게 천재성과 지성이 있었기 때문에, 당신이 위대한 시인의 꿈을 실현시키고 예술의 그림자에 형태와 내용을 줄 수 있었기 때문에 사랑했다고. 그 모든 걸 당신은 내팽개치고 말았어. 당신은 천박하고 어리석어. 맙소사! 내가 얼마나 열렬히 당신을 사랑했는데! 난 얼마나 바보란 말인가! 당신은 이제 내게 아무것도 아니오. 난 당신을 두 번 다시 보지 않겠어. 생각조차 하지 않겠어. 당신의 이름조차 입에 담지 않겠다고. 당신이 한때 내게 어떤 존재였는지 당신은 몰라. 그런데 어떻게…… 아, 생각만 해도 견딜 수가 없어! 차라리 당신에게 눈길을 주지 말았더라면! 당신은 내 삶의 낭만을 망쳐버렸어. 어떻게 사랑에 대해 그렇게 모를 수가 있어. 사랑 때문에 자신의 예술을 망쳤다고 제 입으로 말하다니. 당신에게 예술이 없다면 당신은 아무것도 아니라고. 난 당신을 유명하게, 찬란하고 숭고하게 만들려고 했는데. 세상은 당신을 숭배할 테고, 당신은 내 아내가 되었을 텐데. 이제 당신은 뭐지? 예쁘장한 얼굴의 삼류 배우일 뿐이야."[4]

잘못했다고 이제부터는 연기에만 충실하겠노라고 그러니 제발 떠나지 말라고 애걸하는 시빌을 도리언은 차갑게 외면하고, 결국 이 가련한 아가씨는 스스로 목숨을 끊는다.

---

4   오스카 와일드, 『도리언 그레이의 초상』, 김진석 옮김, 펭귄클래식코리아, 2008.

4

가면을 함부로 벗어서는 안 된다. 그것이 사랑받는 '나'로서의 가면이든, '주어'로서의 가면이든. 삶을 살아내는 것이 '주어'가 아니라 순전히 '나' 자신이고, 사랑을 하고 받는 것 또한 다른 누구도 아닌 나 자신이라는 걸 확인하고 싶더라도 참아야 한다. 왜냐하면 가면을 벗는 즉시 연극은 끝나고 부랴부랴 막이 내려지니까. 귀족은 귀족으로 살다 죽고, 배우는 배우로 살다 죽는 것이 생명인 그 연극. 광대는 끝까지 광대여야만 하고 하인은 끝까지 하인이어야 하는 그 연극.

저 가련한 아가씨는, 사랑 때문이 아니라 순전히 셰익스피어 때문에 불행해진 것이다.

5

『도리언 그레이의 초상』을 쓴 오스카 와일드는 이런 말을 남겼다.

> "자신의 본모습을 하고 있을 때 인간은 가장 솔직하지 못하다. 오히려 가면을 쓸 때 가장 솔직해질 수 있다."

6

가면은 솔직해지기 위해 벗는 것이 아니다. 연기를 끝내기 위해 벗는 것이고, 스스로에게 이렇게 말해주기 위해 벗는 것이다.

나는 너를 모른다, 네 이름도 모르고 너를 본 적조차 없다.

"그대는 내게 진실을 말하는 유일한 사람이다"

1

 오셀로가 자신의 여자인 데스데모나의 말을 들었더라면, 비극을 피할 수 있었을지 모른다. 이아고에 말에 귀를 기울이지 않았을 테니까. 주변 인물들을 전혀 다른 사람으로 만들어놓고 자신은 이아고인 채로 죽는 바로 그 이아고.

 온갖 거짓과 계략을 일삼는 악역이지만, 따지고 보면 그가 저지른 악행이라곤 끊임없이 떠든 것뿐이지 않은가. 단지 그것만으로도 누구나 오셀로처럼 한순간에 무너뜨릴 수 있다. 무어인 남편을 따라 가족마저 버리고 전쟁터까지 쫓아온 데스데모나에게, 자신이 그토록 사랑했으며 자신의 전부였던 그 아내에게 "더러운 창녀"라고 저주를 퍼붓고 결국 죽여버린 것처럼. 그것도 고작 손수건 한 장 때문에.

2

그러니까 이아고는 우리 안에 비#존재로 남았어야 할 인물이다. 하지만 『로미오와 줄리엣』의 저 하인의 존재가 작아지면 작아질수록 이아고의 존재는 점점 커지고, 저 하인의 목소리가 잦아들면 잦아들수록 이아고의 목소리는 점점 높아지고 말은 많아진다.

3

그렇다. 이아고는 끊임없이 말한다. 말하는 것으로 세상을 끝장내버릴 것처럼 이 사람에게도 말하고 저 사람에게도 말한다. 마치 네, 라는 한 음절의 대사조차 부여받지 못한 저 하인의 복수를 대신 해주기라도 할 것처럼.

그가 하는 말들은 교묘한 거짓말이라기보다, 우리가 실수로라도 입 밖으로 새나가지 않도록 조심하는 말들이며, 자칫 그렇게 될까 봐 두려워하는 말들이다. 말하자면 우리 안에 잠재된 '장기 적출'이랄까.

4

당신은 정말 그/녀를 사랑하는가? 그/녀도 그만큼 당신을 사랑한다고 믿는가? 증명할 수 있는가? 당신이 그/녀를 사랑한다는 걸 당신은 어떻게 아는가? 그/녀가 당신을 사랑한다는 건 또 어떻게 아는가? 그/녀도 똑같은 방식으로 당신의 사랑을 확신하고 있는가?

5

안타깝게도 저 텅 빈 명제, 텅 비었기에 논리를 부여할 수 있었던 바로 그 명제('소크라테스는 사람이다' '모든 사람은 죽는다' '소크라테스는 죽는다' 중 두 번째 명제)가 여기선 전혀 힘을 쓰지 못한다. 사랑이 되었든 증오가 되었든 '모든'이 끼어들 자리는 없으니까.

'모든 사랑은……' 혹은 '모든 증오는……'이라는 형식의 명제로는 안타깝지만 당신의 사랑이나 증오를 증명할 길이 없다. 전혀 증명할 길 없는 행위를 당신은 하고 있는 셈이다. 그리고 그 사실을 누구보다도 잘 알고 있는 것이 바로 당신이다. 그러니 당신이 그 행위에 빠져들면 빠져들수록, 하여 스스로의 사랑이나 증오를 확신하면 확신할수록, 의심과 불안 또한 꼭 그만큼 커질 수밖에 없다.

6

명심해야 할 것은, 이아고의 거짓말이 세상 어떤 말보다 강한 신뢰를 얻은 말이었다는 사실이다. 오셀로는 이아고에게 이렇게 말했다.

"그대는 내게 진실을 말하는 유일한 사람이다."[5]

이아고의 말이 진실로 받아들여지는 이유는 이아고를 제외한 다른 모든 사람의 말이 의심을 받기 때문이고, 그건 이아고의 말이 곧 오셀로의 잠재된 말이기 때문이다. 비존재의 유령 같은 말.

7

그러니 오셀로의 이아고는 햄릿에게는 선왕의 유령이고, 할 왕자에게는 팰스태프인 셈이다. 오직 할 왕자만이 그 강렬한 유혹을 뿌리칠 수 있었다. 나는 네가 누구인지 모른다, 네 이름도 모르고 너를 본 적도 없다, 라고 말함으로써. 오직 그만이 자신의 짝패를 비존재로 남겨두지 않았다.

---

5   윌리엄 셰익스피어, 『오셀로』, 최종철 옮김, 민음사, 2001.

목소리

1

 남자는, 목소리는 물론 얼굴까지 선명한데, 여자 쪽은 목소리만 희미하게 기억난다. 그 중성적인 목소리. 오히려 남자의 목소리가 더 리듬감 있게 들렸다. 높낮이를 다양하게 조절하면서 자신의 감정을 남김없이 표현했다. 심지어 어색함까지도. 반면 여자의 목소리는, 남자의 목소리에 순간순간 반응하느라 미처 제 목소리를 내지 못하는 것처럼 들렸다. 약간 답답했달까. 남자가 느닷없이 '장기 적출'이라고 내뱉었을 때, 그 말은 커피나 컵케이크 이름처럼 들렸지만, 여자가 별 생각 없이 그 말을 따라 했을 때, 그 말은 '장기 적출'로 들렸다.

2

 남자의 표정은 뭐랄까, 남겨진 것이 없었다. 표정 뒤편에, 셰익스피어의 저 하인처럼 대사 한 마디 부여받지 못하고 아쉬워하는 배역 같은 것이 전혀 없었다. 여자의 반응을 고려한다면, 남자의 그런 표정은 앞에 앉은 여자보다 자신을 만족시키려는 제스처처럼 보였다. 지나치게 자신감을 드러내서 상대를 위축시키지도, 그렇다고 서툴고 어색한 모습으로 상대에게 부담을 주지도 않으려는 것 또한 상대보다는 스스로를 만족시키기 위한 연출인 듯 보였다.

3

나는 옆자리에 앉아 생각했다. 저 남자는 앞에 앉은 여자의 표정보다, 여자의 '주어'에 주목하고 그 주어가 과연 어떤 술어들을 거느릴 수 있는지 살피는 타입이 분명해. 남자가 '장기 적출'을 반복한 것은 여자의 '주어'가 어떤 술어들을 거느리고 나오는지 보려는 것이었는데, 여자가 미처 그 전략을 간파하지 못한 거야. 그러니 그 말을 그대로 돌려주는 수밖에 달리 도리가 없었던 거지.

4

그런데, 왜 여자의 얼굴은 전혀 기억 못 하는 거지? 내가 두 사람의 목소리를 혼동하는 걸까? 그럴 리가. 남자 목소리와 여자 목소리는 엄연히 다른데……

5

남자 목소리와 여자 목소리는 엄연히 다른데, 어떻게 구분하지 못한단 말인가. 그들이 제아무리 일란성 쌍둥이라 하더라도.

『십이야』를 읽으며 내가 궁금해한 건 이것뿐이었다. 목소리.

"저는 제가 아니에요"

- 『십이야』

1

 세바스찬과 비올라는 일란성 쌍둥이 남매다. 폭풍을 만나 표류하다 따로따로 구조되는 바람에 헤어지고 만다. 비올라는 남장을 하고 세사리오라는 이름으로 오시노 공작 집에 들어가 심부름꾼이 된다. 그/녀에게 맡겨진 일은 오시노 공작이 마음에 두고 있는 백작의 딸 올리비아에게 공작의 마음을 전하는 일이다.

 그런데 공작의 끈질긴 구애에도 미동조차 하지 않던 올리비아가 남장을 한 비올라, 곧 세사리오를 보고 한눈에 반한다. 문제는 세사리오로 변장한 비올라가 오시노 공작을 사랑하게 된 것이다. 말하자면 비올라는 자신을 세사리오로 알고 있는 오시노를 사랑하면서, 비올라가 아닌 세사리오가 된 자신을 사랑하는 올리비아에게는 오시노의 사랑을 전해야 한다. 여기서도 비올라는 비올라로서 사랑하고 세사리오로서 사랑받는 셈이다.

2

비극은 다른 데 있다. 세 사람 모두 자신의 사랑을 구하기 위해서는 방해가 되는 다른 사랑을 가까이 두어야 한다는 것. 하지만 가장 비극적인 상황에 놓인 것은 누구보다 비올라다. 사랑하는 사람을 위해 사랑의 전달자 역할을 해야 하는데다, 정작 자신은 사랑을 표현할 수도 받아들일 수도 없으니까.

3

셰익스피어는 대놓고 장난을 치고 있다. 그리고 그 장난의 정점은 이 비극적인 상황을 희극적인 소동으로 끌고 간 것이다. 『십이야』는 왜 희극이 되어야 하는 걸까. 말도 안 될 만큼 웃기는 상황에서 이야기가 전개되는 『리어 왕』도 비극이 되는데.

4

셰익스피어는 아마도 이런 생각을 한 것이 아닐까. 비극은 '주어'의 몫이다. 그리고 그 '주어'는 고귀한 신분을 가진 남성이어야 한다.

단지 셰익스피어만의 생각은 아니었겠지만, 어쨌든 극

적 고양감은 왕이거나 귀족인 남성이 운명에 맞서다 장렬히 전사함으로써 얻어지는 것이다. 여기서 중요한 것은 그들의 '주어'이지 그들의 '나'가 아님은 물론이다.

5

가령 셰익스피어는 『햄릿』을 통해 '주어'의 성벽에 갇혀 신음하는 '나'를 보여주기도 하고, 『헨리 4세』를 통해서는 '주어'를 속임으로써 '주어' 안에 분명한 자리를 만드는 '나'를 그려내기도 한다. 어디 그뿐인가. 『리어 왕』이 '나'를 질투한 '주어'의 비극이라면, 『오셀로』는 '주어'를 질투한 '나'의 비극이고, 『맥베스』는 '주어'를 죽인 '나'의 분열이 아닌가.

6

『십이야』가 비극이 되지 못한 이유는 비극이 될 만한 사건을 만들 수 없었기 때문일 것이다. 이 연극에서 만일 살인이 벌어진다면 일란성 쌍둥이는 눈요깃감에 지나지 않을 테니까. 일부러 시선을 분산시킬 이유가 뭐 있겠는가. 분산은 이미 내부에서 이루어졌는데.

7

일란성 쌍둥이는 같은 모습을 하고 있지만 엄연히 다른 사람이다. 복장도 같고 얼굴도 같지만, 심장은 엄연히 두 개다.

연극의 후반부에 오빠인 세바스찬이 등장하면서 오해가 풀리는 장면에서, 비올라와 세바스찬은 똑같은 모습을 한 채로 서로를 알아보지 못한다. 과거의 일들을 되짚고 나서야 비로소 오누이의 상봉이 이루어진다.

이 짧은 시간 무대 위에서는 '나'와 '주어'가 서로를 손가락질하면서 당신은 누구냐, 고 묻는 '사건'이 벌어진다. 셰익스피어가 '주어'의 놀음에 던지는 고약한 장난인 셈이다. 그들을 본 오시노는 말한다.

"같은 얼굴, 같은 목소리, 같은 복장, 그런데 사람은
둘이군. 거울 없는 자연의 반사라, 있고도 없네."[6]

있고도 없는 '주어'로는 비극을 만들 수 없다.

8

그런데, 같은 목소리라고? 그럴 리가. 남자와 여자의 목소리가 어떻게 같을 수 있겠는가.

『십이야』가 비극이 되지 못한 더 확실한 이유는, 목소리

---

6   윌리엄 셰익스피어, 『십이야, 혹은 그대의 바람』, 김정환 옮김, 아침이슬, 2010.

때문이리라. '나'와 '주어'가 한 몸 안에서 동시에 절규하는 목소리를 낼 수 없었던 것. 그건 비올라가 세사리오의 모습으로 올리비아에게 다음과 같이 말할 때 이미 예견된 것이었다.

"저는 제가 아니에요."[7]

"저는 제가 아니에요"라고 말할 수는 있어도, "저는 제 목소리의 주인이 아니에요"라고 말할 수는 없으니까.

---

7   같은 책.

므첸스크의 맥베스 부인

1

곰곰이 생각해보니, 남자는 그날 내가 앉은 자리와 대각선 방향에 앉아 있었고, 여자는 나와 거의 나란히, 그러나 약간 뒤쪽에 앉아 있었다. 그러니까 여자의 목소리는 내 뒤쪽에서 들려온 셈이다. 나로서는 여자의 얼굴을 볼 수 없었다. 내게 남자의 목소리는 표정과 함께 전해진 반면, 여자의 목소리는 남자의 표정에 실려 들려온 것이다.

2

그래도 나는 여자의 목소리는 기억한다. 어떤 가면도 쓰지 않은 것 같은 목소리. 톤의 높낮이랄 것도 없고 음색이랄 것도 없는 목소리. 개성 없이 그저 상대를 따라가기만 해서, 어쩐지 답답하게 들리는 그 목소리. 너무 어설프고 서툴러서 상대 남자를 마치 여러 개의 가면을 자유자재로 썼다 벗었다

하는 배우처럼 보이게 만들지만, 사실은 가장 안전하고 가장 완벽하게 위장하고 있는 그 목소리. 누구에게도 발각될 염려 없이 가장 안전하고 가장 완벽하게 위장하는 방법은, 바로 자기 자신으로 위장하는 것이니까.

3

카테리나 리보브나 이즈마일로바라는 아주 길고 발음하기도 어려운 이름을 가진 여자가 있다. 19세기 러시아 작가 니콜라이 레스코프의 소설 『므첸스크의 맥베스 부인』의 주인공.

> "그녀에게는 빛도 어둠도 없었으며, 악이나 선도,
> 권태나 기쁨도 없었다. 그녀는 아무 생각이 없었고,
> 어느 누구도, 자기 자신조차도 사랑하지 않았다."[8]

읽는 내내 온몸에 소름이 돋게 만드는 이 소설은 작가가 태어나 자란 마을에서 벌어진 엽기적인 살인 사건이 모티프가 되어 쓰였다. 시아버지의 귀에 뜨거운 납물을 부어 살해했다는 미모의 젊은 며느리 이야기.

---

8   니콜라이 레스코프, 『러시아의 맥베스 부인』, 이상훈 옮김, 소담출판사, 2011.

4

소설에서 미모의 젊은 카테리나는 나이 많은 상인의 후처로 들어간다. 남편이 사업차 오랫동안 집을 비운 탓에 아흔이 다 된 시아버지와 함께 따분한 일상을 보내다 잘생기고 건장한 하인 세르게이와 그만 바람이 나고 만다. 그리고 시아버지가 그들의 애정 행각을 눈치 채면서 두 남녀의 잔인한 살인이 시작된다.

그들은 시아버지를 독살하고, 소문을 듣고 야밤에 달려온 남편을 살해하고, 마침내 재산을 독차지한 채 두 사람과 배 속의 아기를 위한 세상을 이루었다고 믿었을 때, 이번엔 느닷없이 남편의 어린 조카가 나타나자 그 어린 생명마저 잔인하게 살해한다.

하지만 어린 조카를 살해한 사실이 마을 사람들에게 발각되는 바람에 그들은 채찍형을 받고 유형을 떠난다. 카테리나는 자신이 낳은 아기마저 거들떠보지 않을 정도로 오직 세르게이 생각뿐이다. 결국 갓난아기는 죽은 남편의 친척에게 맡겨진다. 아기까지 떼어버린 카테리나는 호송 중에 간수들에게 남은 돈을 탈탈 털어 줘가면서까지 세르게이 곁에 머물고자 한다.

그런데 재판을 받을 때부터 이미 새하얗게 질린 채로 모든 사실을 실토했던 세르게이는 카테리나를 벌레 보듯 대할 뿐이다. 뿐만 아니라 호송 중에 만난 여자 죄수들과 보란 듯이 애정 행각을 벌이는데, 그중 소네트카와 단단히 눈이 맞아 카테리나를 몸서리치게 만든다.

어느 날 세르게이가 찾아와 무슨 속셈인지 화해를 요청하면서 몸이 안 좋다고 카테리나의 털양말을 가져가는데, 다음 날 카테리나는 그 털양말이 소네트카의 발에 신겨져 있는 것을 목격한다. 네가 어떻게 이럴 수 있느냐고 따지는 카테리나를 세르게이는 소네트카가 지켜보는 가운데 폭행하기까지 한다.

"난 저 여자를 한 번도 사랑한 적 없다고. 그리고 지금은…… 여기 이 소네트카의 닳아빠진 장화가 말라빠진 저 여자의 낯짝보다 더 사랑스럽단 말이야."[9]

마침내 호송 행렬이 볼가 강에 다다랐을 때, 카테리나는 강물을 무섭게 노려보다가 소네트카를 껴안고 강물 속으로 뛰어든다. 물 위로 솟아오르려는 소네트카를 덮쳐누르며 그녀는 물속으로 영원히 잠겨버린다.

5

소름 끼칠 만큼 '아름다운' 이 소설을 읽으면서 자연스럽

---

9   같은 책.

게 드는 의문은, 왜 카테리나가 세르게이가 아닌 소네트카를 껴안고 강물 속으로 뛰어들었느냐는 것이다. 왜 그랬을까. 세르게이를 그토록 사랑했다면 세르게이와 동행해야 했고, 그 사랑이 증오로 바뀌었다 하더라도 역시 세르게이와 함께 뛰어들었어야 마땅한데, 왜 그녀는 소네트카를 껴안고 강물로 뛰어들었을까.

6

자기 자신 말고는 딱히 다른 가면을 갖지 못하는 사람, 단지 자기 자신으로만 위장하고 사는 사람, 그런 사람들이 있다. 자기 자신조차 낯설게 느껴지는 사람들.

카테리나에게 세르게이는 단지 사랑하는 사람에 그치지 않고, 내 안에 있으면서 내게는 낯선 '나'보다 더 나 같은, 내 밖에 있는 또 다른 '나'가 아니었을까. 그러니 카테리나가 세르게이가 아닌 소네트카를 껴안고 강물 속으로 뛰어든 것은, 자살이라기보다, 내 안에 있는 그 지긋지긋한 낯선 '나'가 내 밖에 있는 '진짜 나'를 지키기 위한 희생이었으리라.

사과꽃이 떨어지는 소리

1

한편 이 소설 때문에, 그러니까 맥베스 부인 때문에 곤욕을 치른 또 다른 러시아인도 있다. 쇼스타코비치. 스탈린 치하에서 바로 이 소설 『므첸스크의 맥베스 부인』을 토대로 오페라를 만들었다가 스탈린으로부터 "음악이 아니라 뒤죽박죽"[10]이라는 혹평을 들으면서 이른바 '쇼스타코비치 사건'에 휘말리게 된 음악가.

2

『나머지는 소음이다』에 따르면 쇼스타코비치는 일종의 시범 케이스였다. 언제 스탈린으로부터 전화를 받게 될지 몰라 새하얗게 마음을 졸여가면서 끊임없이 자기 검열을 하고

---

10 알렉스 로스, 『나머지는 소음이다』, 김병화 옮김, 21세기북스, 2010.

자아비판을 해야 했지만, 정작 잔인하게 희생된 건 쇼스타코비치가 아니라 그 주변 인물들이었다.

『나머지는 소음이다』의 저자 알렉스 로스는 『프라우다』 편집인의 말을 이렇게 전한다.

> "누군가로부터 시작해야 했으니까. 쇼스타코비치가 제일 유명했으니, 그를 때리면 즉각 반향이 나오고 음악이나 또 다른 분야에서 그를 모방하던 자들이 자세를 똑바로 하고 정신을 차리겠지. 게다가 쇼스타코비치는 진짜 예술가이고 천재적인 데가 있다. 그런 인물은 그를 위해 싸울 만한 가치가 있고 구제해줄 가치가 있다. (……) 우리는 그가 본질적으로 건강하다고 믿었다. 그가 이 충격에 버틸 수 있을 줄은 알고 있었다. (……) 우리 공격에 악의가 없다는 것은 쇼스타코비치도, 다른 사람들도 모두 알고 있었다. 그는 우리가 자신을 파멸시키고 싶어서 그런 게 아니라는 사실을 알고 있다."[11]

3

과연 그랬을까. 쇼스타코비치는 '그 사실'을 알았기 때

---

11 같은 책.

문이 아니라, 그 '악의 없는 악의'로부터 자신을 지키기 위해, '자신의 페르소나를 둘로 쪼갠 덕분'에 파멸되지 않고 살아남았다. 그는 결국 스탈린보다 오래 살았다.

스탈린의 사망 때문에 그 죽음조차 제대로 알려지지 못한 동료 음악가 프로코피에프의 무덤 곁에 서서 찍은 사진에 대해 설명하면서, 저자는 "그의 얼굴은 해독할 길 없이 무표정했다"[12]고 전한다. '해독할 길 없이 무표정했다'니, 어떤 표정이었을지 궁금하다. 한편 니콜라이 레스코프가 전하는 카테리나의 마지막 표정은 이렇다.

> "카테리나 리보브나는 아무 말도 하지 않았다. 그녀는 점점 더 집요하게 파도를 바라보면서 입술을 지그시 다물었다."[13]

맥베스 부인의 저주, 그 '악의 없는 악의'에 희생된 두 인물, 카테리나와 쇼스타코비치 모두 '해독할 길 없는 표정'의 주인공으로 남았다. 둘로 쪼개졌던 '나'가 마침내 하나가 되었을 때 지을 수 있는 표정이 그런 것일까?

---

12 같은 책.
13 니콜라이 레스코프, 앞의 책.

4

"음악이 아니라 뒤죽박죽"이라는 스탈린의 혹평에 대해서는 할 말이 없다. 쇼스타코비치의 오페라를 본 적도 없고, 음악도 모르니까. 『나머지는 소음이다』라는 책은 순전히 제목 때문에 도서관 서가에서 빼 들었을 뿐이다.

언젠가 내게 어떤 음악을 좋아하느냐고 묻는 사람에게 "솔직히 말하면 저는 음악과 소음을 구분 못 합니다"라고 대답한 적이 있다. 사실이다. 그러니 할 말이 없다.

하지만 오페라의 대본이 된 니콜라이 레스코프의 소설까지 "뒤죽박죽"이라는 혹평을 들을 이유는 없다. 소설에는 음악도 없고 소음도 없으니까. 대신 이런 문장들이 있다.

> "사과나무 잎사귀와 꽃잎 사이로 스며든 달빛이 고개를 위로 젖히고 누워 있는 카테리나 리보브나의 얼굴과 온몸에 기묘한 빛의 반점들로 흩어져 이리저리 움직였다. 사방이 고요했다. 가볍고 따스한 미풍이 졸린 듯한 나뭇잎들을 가볍게 흔들면서 만개한 풀과 나무의 연한 향기를 사방으로 퍼뜨렸다. 무언가 사람을 지치게 하면서 나른하고 몽롱하게 만들고 또 어두운 욕망으로 이끄는 기운이 느껴졌

다."[14]

"무언가 사람을 지치게 하면서 나른하고 몽롱하게 만들고 또 어두운 욕망으로 이끄는 기운이 느껴"지는 가운데 "얼굴과 온몸에 기묘한 빛의 반점들"로 가득한 카테리나는 세르게이에게 이렇게 말한다.

"저 사과나무에서 싱싱한 꽃들이 땅으로 떨어지듯
이 그렇게 키스해줘."[15]

음악과 소음, 그리고 반점과 떨어지는 꽃잎들⋯⋯ 이런 것들이 "뒤죽박죽"으로 느껴질 수도 있고, 다른 세상의 한 장면처럼 여겨질 수도 있다.

---

14 같은 책.
15 같은 책.

만남

1

음악과 소음. 그날 카페를 가득 채웠던 것들이다. 연말이었으니 음악과 소음은 카페 밖에도 가득했으리라. 진눈깨비가 내리던 그 바깥. 그렇다면 진눈깨비가 사과꽃을 대신했겠군. 어쨌든 무언가 사람을 들뜨게도 하고 혹은 지치게도 하는 세밑의 밤, 음악과 소음 그리고 난방 때문에 사람을 나른하게도 몽롱하게도 만드는 카페에서 두 남녀가 만났다.

2

남도 아니고 연인도 아닌 두 사람. 누군가를 통해 만난 것도 아니니 그 누군가의 체면을 생각할 필요도 없고, 오래 기다린 만남도 아니니 공연히 상대에게 어떻게 보일까 전전긍긍할 필요도 없다. 그날 아침까지만 해도 두 사람은 이런 식으로 카페에 마주 앉으리라곤 상상도 못 했으리라. 가상공간에서 극적으로 연결되지 않았다면 두 사람이 우연히 마주 앉게 될 확률은 로또 당첨 확률보다 낮지 않을까.

3

여자든 남자든 그날 낯선 이성을 만날 생각을 미처 못 했을 테니 옷차림도 늘 입던 그대로였을 테고, 따로 향수를 준비하지도 못했으리라. '장기 적출'이라는 엉뚱한 단어가 튀어나온 것만 봐도 뻔하다. 무슨 상관인가. 서로가 서로에게 다른 세상인 만남인데. 서로가 서로에게 달빛이고 사과꽃이고 반점인 만남. 자 이들이 과연 어떤 대화를 나눌 것인가.

4

우연히 만난 남녀, 그날의 만남이 처음이자 마지막이 되어도 좋을 남녀가 나누는 대화야말로 사과꽃이 땅에 떨어지는 풍경에 어울리는 대화가 아닐까. 세상과 동떨어져 고립된 곳에서 들려오는 음악이자 소음인 소리. 마치 독일군에 포위된 레닌그라드에서 악기를 다룰 줄 아는 군인들을 모아 연주했다는 쇼스타코비치의 「레닌그라드」 음률 같은 소리. 음악을 연주하고는 다시 전장으로 떠나는 군인들의 뒷모습 같은, 혹은 어둠 속에서 사부작사부작 들려오는 정체를 알 수 없는 소음들 같은.

5

하지만 카페의 그 젊은 남녀는 '장기 적출'을 선택했다. 최악일까? 아니, 최악은 이런 것이다.

"어떤 음악 좋아해요? 소설은요? 향수는 어떤 걸 써요? 좋아하는 시인은 누군가요?"

이런 속물 같은 질문이라니. '장기 적출' 쪽이 훨씬 낫다.

6

차라리 이렇게 말하는 건 어떨까.

"당신이 좋아하는 것들과 내가 좋아하는 것들은 저 밖에서 저희들끼리 만나 시시덕거리게 놔두는 건 어떨까요? 어차피 세밑이잖아요. 들뜬 마음들이 들뜬 마음들을 찾아다니는…… 들뜬 마음들은 저희들끼리 한껏 들뜨도록 놔두고 우린 우리 얘길 하죠."

"우리 얘기요?"

"예, 그러니까…… 아, 이런 얘긴 어때요? 나는 여섯 살 때 처음으로 술에 취해봤어요. 친구 엄마가 집에서 담근 포도주를 내게 억지로 먹였거든요. 이틀 동안 꿈을 꾸며 앓았는데, 엉덩이로 비단길을 달렸다가 자갈밭을 달렸다가 다시 비단길을 달렸다가 자갈밭을 달리는 꿈이었죠. 깨어보니 엉덩이가 벌겋게 부풀어 올랐더라고요."

'장기 적출'보다 나으려나? 뭐 그렇게 나을 것도 없겠다.

삶에 묶인 끈을 당길 때

1

사과꽃이 땅 위로 떨어질 때 나는 소리는 어떤 소리일까. 소리가 나기는 할까. 동백꽃도 아닌데 툭, 하고 떨어질 리도 없고. 음악이 바로 이런 소리 없는 소리들을 대신하는 소리일까. 소리를 머금고만 있을 뿐 밖으로 쏟아내지 못하는 존재들의 소리.

2

가령 수어^{手語}로 자신의 의사를 전달해야 하는 사람들의 소리 같은 것. 실제로 청각장애인들이 수어로 이야기를 나눌 때 보면, 싱긋 웃어가며 한 손만 가볍게 움직일 때와 미간을 좁히며 두 손을 격하게 움직일 때는 어쩐지 소리가 달라 '보이기'도 한다. 그런데 수어로도 혼잣말을 할 수 있을까.

3

소리 없는 소리. 아니, 온통 소리뿐인 존재와 소리조차 없는 존재 사이에서 홀로 감당해야 하는 소리. 슬프고도 무서운 소리.

어머니는 내게 이런 이야기를 들려준 적이 있다.

"네가 일곱 살 때였지 아마. 우리가 세 들어 살던 집 문간방에 젊은 부부가 아기랑 살았었는데 기억 안 나니? 둘 다 벙어리였잖아 왜. 젊은 새댁이 아기 보느라고 아주 진땀을 흘렸지. 요 녀석이 어찌나 보채고 자지러지게 울던지, 잠이 들어야 새댁이 겨우 수돗가에 나와 일을 할 수가 있었는데, 문제는 아기가 깨서 울어도 소리를 못 듣는 거라. 내가 방 안에서 몇 번이나 '새댁 아기 울어' 하고 소리 질렀다가 아차, 듣지를 못하지 하고 수돗가로 나가서 몸을 흔들어줘야 알아채곤 했거든. 그게 미안했던지 어느 날인가 새댁이 꾀를 내서는 긴 끈을 구해가지고 아기 몸에 한쪽을 묶고 나머지 한쪽을 자기 허리에 단단히 묶고는 일을 하더라고. 어찌나 우습던지. 저런다고 알 수가 있겠나 싶었는데, 아 글쎄, 신기하게도 몇 번은 금방 알아채지 뭐니. 그래도 요 녀석이 발발 기어서 문으로 나올 땐 도리가 없는 거지. 게다가 누워서 보채지도 않고 그냥 울어제치면 그것도 알 도리가 없고. 그래서 하루는 내가 널 보고 그 문간방 툇마루에 앉았다가 혹시 아기가 울면 그 끈을 요렇게 요렇게 당겨주라고 했지. 그랬더니 네가 딱 고 말대로만 하는 거야. 친구들이 문밖에서 부르는데도 꼼짝도 않고 고 툇마루에 앉아서 수돗가에 있는 새댁 뒷모습만 뚫어져라 보고 있더라고. 문밖에서 놀다가 애 우는 소리가 들리면 쪼르르 달려 들어와서 알려줘도 될 텐데, 네가 그렇게 맹했다는 거 아니냐. 정 그럴 거면 방 안에 들어가 있으라고 방문을 열어줘도 그쪽으로는 고개도 돌리지 않고 딱 고렇게 앉아 있더라니까. 이마에 땀방울이 고슬고슬 맺힐 때까지 말이야. 그러고는 아기가 깨서 우니까 고 끈을 손에 쥐고 요렇게 요렇게 당기더라고."

4

아기가 울어요, 이 말은 수어로 어떻게 하는 걸까. 궁금하다. 일곱 살의 나도 그걸 궁금해하지 않았을까. 끈을 당기면서 속으로는 그렇게 말했을 테니까.

아기가 울어요, 아줌마, 아기가 울어요.

한 손에 끈을 쥐고 당기면서, 상대가 듣지 못한다는 걸 알았던 어린 나는, 차마 그 소리를 입 밖에 내지 못하고 속으로 물었을 것이다.

어떻게 말하는 건가요? 아기가 울어요, 아줌마, 아기가 울어요. 이 말은 어떻게 해야 하는 건가요?

5

아기가 울어요, 아니, 이제 보니 끈이 우네요, 왜 끈이 우는 걸까요, 아기는 다시 잠들었는데, 끈이 자꾸 울어요. 나는 어떻게 해야 하나요. 손을 놓을 수가 없네요. 끈이 우는데 나는 손을 놓을 수가 없어요.

6

자신의 삶에 묶인 끈을 잡아당길 때는 신중해야 한다. 왜냐하면 그 끈을 잡아당기는 순간 나 또한 당겨지기 때문이다. 당겨진 나는, 당겨지기 전과는 전혀 다른 나일 수도 있다. 『맥베스』는 그 차이가 얼마나 큰지 잘 보여주는 희곡이다. '당겨진 나'와 '끈'에 대한 이야기. 그리고 자기 몫의 끈이 바로 자기 자신이었다는 걸 깨달은 한 인물에 대한 이야기.

"내 행위를 알려면
나를 몰라야 할 것이오"

— 『맥베스』

1

맥베스의 비극은 마녀의 예언으로 시작된다. 맥베스와 뱅코 장군 앞에 나타나 맥베스에게 들려준 예언.

'글래미스 영주다, 코도의 영주다, 왕이 되실 분이다.'[16]

이 예언에서 끈은 두 번째 것이다. '모든 사람은 죽는다'와 같다.

소크라테스는 사람이다, 모든 사람은 죽는다, 소크라테스는 죽는다.

이것이 논리가 될 수 있는 건 순전히 두 번째 '예언' 때문이다. 아무런 내용도 없는 텅 빈 명제. 그리고 '주어'의 질서를 확립하려는 수작.

모든 사람이 죽는다고? 모든 사람이 어떤 사람인데? 어

---

16 윌리엄 셰익스피어, 『맥베스』, 최종철 옮김, 민음사, 2004.

떤 사람이 곧 모든 사람이야. 웃기고 있네.

2

이것이 바로 끈이다. 우리가 너무도 쉽게 유혹에 넘어가 잡아당기고 스스로도 당겨지게 만드는 끈.

맥베스가 글래미스의 영주라는 건 소크라테스가 사람이라고 말하는 것과 다르지 않다. 명백한 사실이니까. 그런데 코도의 영주라고? 코도의 영주는 엄연히 따로 존재하는데? 이때까지만 해도 맥베스는 코도의 영주가 반란군과 내통한 혐의로 체포된 사실을 알지 못했다. 반란군을 진압하고 뱅코 장군과 함께 당당히 개선장군이 되어 돌아오는 길이었다. 왕이 친히 나와 그를 맞으며 새로운 코도 영주로 임명한다.

어라? 뭐야 이건. 그럼…… 왕이 되실 분이라는 예언이 헛소리가 아니란 말인가?

걸려들었다. 아니, 당겨진 것이다. 그는 그날 밤 자신의 성에 묵게 된 왕을 죽이고 새로운 왕이 된다. 하지만 마녀의 예언에는 부록이 있었다. 맥베스의 자식이 아니라 뱅코 장군의 자식이 다음 왕이 될 거라는 예언.

3

당겨진 자들이 보이는 반응은 두 가지다. 흠칫 놀라고 아하, 깨닫는다. 내가 끈을 당겼을 때 말 못 하는 그 아주머니가 보였던 반응도 이 두 가지였을 것이다. 흠칫, 아하.

따지고 보면 산다는 건 이 두 가지 반응의 연속이 아닐까. 흠칫 놀라고 아하 깨닫는 것. 흠칫 놀랄 땐 순간적으로 들린 것처럼 붕 뜨게 되고 아하, 하고 깨달을 땐 다시 어딘가로 착지하게 된다. 붕 하고 들린 곳과 다시 착지한 곳이 거기서 거기인 경우도 있고, 영 엉뚱한 곳인 경우도 있다. 그런가 하면 붕 뜬 채로 허둥대며 마땅히 착지할 곳을 찾지 못하거나 어지간해선 높이 떠오르지 않는 경우도 있고,

"난 이대로가 좋아. 균형을 깨고 싶지 않다고."

한 번 당겨진(들린) 경험으로 평생을 취해 사는 경우도 있다.

"내게 자꾸 현실을 직시하라고 하는데, 이 위에서도 얼마든지 다 볼 수 있으니까 걱정하지 말라고 제발!"

4

맥베스는 하룻밤 사이에 스코틀랜드의 왕이 되었다. 엄청난 곳에 착지한 셈이다. 한편 스코틀랜드의 왕인 덩컨은 하룻밤 사이에 왕좌를 빼앗겼을 뿐만 아니라 목숨까지 잃었다. 이 또한 엄청난 차이다.

5

덩컨 왕을 당긴 끈은 반란이었다. 이 연극이 시작되기

전에 이미 발발한 반역. 게다가 아군이라고 믿었던 코도의 영주가 반란군의 무리로 밝혀졌다. 덩컨 왕은 붕 떠버린 채로 이해할 수 없는 행동을 한다. 맥베스와 뱅코 장군을 맞는 자리에서 자신의 큰아들인 맬컴이 왕위를 승계할 것이라고 발표하고, 곧바로 무리들을 이끌고 맥베스의 성으로 연회를 벌이러 들어간 것이다.

비록 반란이 진압되었다지만 내부의 적이 발견된 상황에서, 반란의 표적인 왕이 이런 행동을 한다는 건 쉽게 납득하기 어렵다. 반란의 뿌리를 아예 송두리째 뽑아버릴 심산이었더라도, 그 대가로 목숨을 건 셈이 아닌가. 더구나 맬컴을 비롯한 두 아들까지 대동했으니, 자칫 두 왕자까지 위험할 수도 있다. 목숨을 잃거나 설령 운이 좋아 살아남는다 해도 왕의 시해범으로 몰릴 수 있으니까. 어쨌든 다음 승계자들 아닌가.

6

한편 덩컨 왕의 죽음은 두 왕자를 당긴 끈이다. 다음 날 아침, 아버지인 왕이 시해된 걸 알고 이들은 당겨진 자들이 할 수 있는 가장 바보 같은 짓을 저지른다. "이건 우리 일이기도 한데 왜 우리는 소외되는 거지?"[17]라고 중얼거리고는 각각

---

17 같은 책.

잉글랜드와 아일랜드로 도망친 것이다.

어처구니가 없다. 맬컴이 제대로 된 왕위 승계자라면 자신은 현장에 남고 동생인 도날베인은 만일을 위해 피신시켜야 했다. 둘 다 도망친다면 우리가 바로 왕을 죽인 자들이오, 하고 자백하는 꼴이니까. 하지만 이들은 꽁무니를 뺐고, 반역자인 맥베스를 처단하고 나라를 되찾기 위해 분연히 일어서는 왕자들로 다시 나타난다. 게다가 맬컴은, 스코틀랜드의 성에 가족을 두고 도망 나와 자신을 찾아온 맥더프를 떠보기 위해 스스로를 한없이 낮추는 현명함을 보여주기까지 한다. 시해 현장에서 도망쳤던 맬컴과 이 맬컴이 같은 사람이라고?

7

하지만 이 희곡에서 가장 이해할 수 없는 인물들은 단연 맥베스와 맥베스 부인이다. 맥베스의 편지를 통해 이미 마녀의 예언을 알고 있던 맥베스 부인은 덩컨 왕의 일행이 도착하자 치밀한 시해 계획을 짠다. 그리고 주저하는 맥베스를 부추겨 덩컨 왕을 죽이는 데 성공한다. 잠든 왕을 죽이고 왕 곁에 잠들어 있던 시종들에게 누명을 씌우기로 했는데, 멍청한 맥베스가 피 묻은 칼을 들고 와 횡설수설하자, 맥베스 부인은 칼을 다시 가져다놓고 두 손에 피칠을 한 채 맥베스에게 돌아와 이렇게 말한다.

"자 이제 내 손도 당신 손과 같이 붉은색이에요. 하지만 내 마음은 당신 마음처럼 그렇게 하얗게 질리지 않았어요."[18]

8

문제는 맥베스가 왕이 되고 난 뒤부터다. 선왕의 인간적인 면에 끌려 죽일 때도 주저했지만 죽이고 나서도 죄책감에 시달리던 맥베스는 돌연 다른 사람이 되어 뱅코 장군과 그 아들을 죽이기 위해 자객을 보내고, 맬컴 왕자를 찾아 잉글랜드로 도망친 맥더프의 처자식을 도륙한다.

반면 맥베스 부인은, 남편을 반역자로 내몬 악녀에서, 패악을 저지르는 아들을 말리는 어머니 같은 인물로 느닷없이 변신한다. 마치 둘이 몸을 부딪치면서 서로 성(性)을 바꾼다는 신비의 물고기처럼, 그들은 감쪽같이 서로의 역할을 바꾼 셈이다.

9

프로이트의 추종자라면 맥베스 부인을 맥베스의 무의식이라고 규정할 만하다. 실제로 그렇게 해석할 여지가 충분하니까. 우선 맥베스 부인은 이른바 셰익스피어의 4대 비극에

---

18   같은 책.

등장하는 인물 중 햄릿에 버금가는 중요한 인물인데도 이름조차 부여받지 못했다. 게다가 맥베스 부인과 맥베스는 늘 함께 등장한다. 한 인물이 두 역할을 하거나, 한 인물의 의식과 무의식을 나누어 연기하는 것처럼 보인달까.

말하자면 맥베스 부인은 시해가 이루어지기 전에는 왕을 죽이고 왕이 되고자 하는 맥베스의 무의식으로, 시해 후에는 맥베스의 해소되지 못한 죄의식으로 남는 것만 같다. 실제로 맥베스는 왕을 시해하고는 '맥베스가 잠을 죽여버렸으니, 그는 더 이상 잠을 못 자리라'라는 환청을 들었노라고 주장하는데, 그 때문인지 맥베스 부인은 죽기 전 몽유 상태에서 촛불을 들고 헛소리를 하며 돌아다닌다. 이때 비로소 맥베스와 맥베스 부인은 따로 떨어져(편지로도 연결되지 못한 채) 등장한다.

그러나 무엇보다 가장 확실한 여지는, 죄의식으로 괴로워하는 맥베스에게 맥베스 부인이 지난일은 잊어버리라고 말하자, 맥베스가 내뱉은 다음과 같은 대사다.

"내 행위를 알려면 나를 몰라야 할 것이오."[19]

---

19   같은 책.

10

하지만 이런 식으로 분석해서 만족을 얻는 건 분석하는 당사자뿐이다. 작품은 임상보고서가 돼버리고 인물은 환자로 전락한다. 무엇보다 재미가 없다. 아무리 작품 속 인물이라지만 남의 무의식을 들여다보는 것이 즐거운 일일 수는 없다. 차라리 그 시간에 내 무의식을 진단 받는 쪽이 훨씬 낫겠다.

더구나 맥베스 부인에게 못할 짓이다. 맥베스 부인은 맥베스의 분열된 또 다른 자아나 무의식으로 치부될 만한 인물이 아니다. 남성 주어들의 놀이인 셰익스피어 연극의 작중인물 중에서도 주어 중의 주어랄 수 있는 햄릿과 당당히 마주보는, 아니 그를 내려다보는 유일한 여성 인물이니까.

그러니 비극의 주어가 남성이어야 한다는 저 완고한 논리에 맥베스 부인이 희생되는 꼴을 지켜보는 것은 비참할 것까지는 없더라도 영 찜찜한 일이다. 내가 맥베스 부인이라면 이렇게 말했을지도 모른다.

"그러니까 뭐야. 그 망할 놈의 페니스도 다 니들 차지고, 그래서 '주어'도 다 니들 몫이고, 나는 고작 니들의 무의식이나 맡아라? 그것도 결국엔 미쳐서 죽어버리는? 그렇게는 못하겠는데?"

11

나도 차마 그렇게는 못 하겠다. 다시 읽어야 한다. 남자의 '장기 적출'이라는 말을 그대로 따라 하며 남자에게 '주어'를 검열당하는 여자로 남겨둘 수는 없다. 카페에서 여자가 그 말을 따라 한 것은 단지 무의식적으로 반응한 탓만은 아닐 것이다.

잠깐, 장기 적출? '그것'도 장기 아닌가? 그런 뜻이었나? 이런……

내 조바심과 불안을 가져간 여인

1

마녀의 예언을 제외하면 『맥베스』는 반란이 진압되는 와중에 왕이 시해되면서 벌어지는 혼란을 그린 작품이다. 왕의 죽음으로 당겨진 자들이 흠칫하면서 뭘 어떻게 해야 좋을지 몰라 허둥대다가, 아하 하고 깨닫고는 자신의 새로운 '주어'를 찾는 이야기인 셈이다.

맥베스는 죄책감에 괴로워하면서도 화근을 없애려고 잔혹한 살해를 멈추지 않는 폭군이 되고, 맬컴은 아무 생각 없는 왕위 계승자에서 스스로 반역자를 처단하고 빼앗긴 왕관을 되찾는 영웅이 된다. 그런가 하면 맥더프는 일개 성주에서 자신의 성과 가족을 버리면서까지 선왕에게 충성하는 충신이 되고, 뱅코는 개선장군에서 다음 왕위를 이을지도 모르는 자식의 아버지가 되어 자객의 칼을 받는다.

이들은 각각의 새로운 '주어'가 마땅히 자신이 차지해야 할 주어라고 여기지만, 이들이 새로운 '주어'를 찾는 과정은 거짓과 위선과 피 흘림의 연속일 뿐이다. 마땅한 것은 아무것도 없고 불안과 초조, 걷잡을 수 없는 증오만이 가득하다. 어쩐지 모두들 붕 떠 있는 것 같기도 하고.

2

그런데 이런 혼란의 끈을 당긴 장본인인 맥베스 부인은 이들과는 정반대의 행보를 보인다. 자신의 새로운 '주어'를 찾을 기회를 얻었다는 확신에서 맥베스를 부추겨 왕을 살해하게 해놓고는 새로운 주어에는 관심조차 없다는 듯 맥없이 '나'로 돌아간다. 자연스러운 극 전개를 위해서라면 맥베스가 왕위에 오른 뒤에도 여전히 막후에서 뱅코 장군과 그의 아들은 물론 도망친 맬컴까지 제거할 계획을 세우고 맥베스를 부추겨야 함에도, 그녀는 정말이지 아무것도 하지 않는다. 그러다가 몽유 상태에서 촛불을 들고 헤매 다니며 손에 묻은 피가 지워지지 않는다고 헛소리를 반복하다 죽고 만다. 무엇 때문일까.

3

덩컨 왕을 살해하라고 맥베스를 부추기고 나서 맥베스 부인은 덩컨의 잠든 모습이 아버지를 닮지만 않았어도 자신이 직접 죽였을 거라고 중얼거린다. 그리고 맥베스가 실수로 가져온 피 묻은 칼을 다시 가져다놓기 위해 왕이 피 흘리며 죽어 있는 방으로 들어가서는 자신의 손에도 피를 묻히고 돌아와 흥분해 있는 맥베스를 다잡는다.

무대에 나오지 않는 이 장면, 그러니까 맥베스 부인이 피 묻은 칼을 들고 자신의 아버지를 닮은 왕이 피 흘리며 죽어 있는 방에 들어가 칼을 놓고 자신의 손에도 피를 묻히고 나오는 장면은, 온전히 맥베스 부인만의 것이다(『헨리 4세』에서 선왕의 왕관을 쓴 채로 무대 뒤로 나갔다 돌아오는 장면이 온전히 할 왕자만의 것이듯이). 그 방에서(그러니까 무대 뒤에서) 그녀는 무슨 생각을 했을까.

4

아버지를 닮은 왕. '주어'들의 주어. 주어놀음의 우두머리. 그자가 피 흘리며 죽은 채로 누워 있다. 이른바 가부장제의 최대 피해자이면서도 모든 딸들에게는 아버지를 죽일 명분이 없다. 아들만이 아버지를 죽일 수 있다. 아버지의 자리를 차지하기 위해서라는 명분이 그 패륜을 신화화한다. 딸들에게는 없는 이 강력한 명분이 가부장제를 재생산하는 원죄이자 동력이고 딸들을 소외시키는 배타적인 권리다. 주어놀음의 어두운 심연.

맥베스 부인은 맥베스가 가진 명분을 이용해 '아버지를 닮은 왕'을 죽이고 그자의 피를 자신의 손에 묻힌다. 그녀는 아마도 이렇게 중얼거리지 않았을까.

'그래, 이제 모두 끝났어. 이 지긋지긋한 애증의 끈도 이젠 끊어져버린 거야. 당신의 불안과 조바심은 내가 가져가지. 이 피 말이야.'

그리고 그 피로 인해 그녀는 끝내 잠들지 못하고 미쳐버린다.

5

할 왕자는 무대로 돌아와 스스로의 힘으로 그 분노와 불안과 조바심을 제거했었다. 팰스태프에게 나는 네가 누구인지 모른다, 네 이름도 모르고, 너를 본 적도 없다, 라고 말함으로써, 그는 거세를 면했던 것이다.

6

그날 카페에서 나는 남자의 대각선 방향에, 그와 마주앉은 여자는 약간 뒤로 둔 채 앉아 있었다. 나는 햄릿의 자리에 앉았고, 남자는 헨리 5세가 된 할 왕자의 자리에 앉았으며, 여자는 맥베스 부인의 자리를 차지하고 있었다. 그렇게 불안에 휩싸인 채로 나는 그들이 나누는 '장기 적출' 이야기를 듣고 있었다. 그들은 내 이야기를 하고 있었던 것이다.

7

 말 못 하는 그 아주머니는 내가 끈을 당기자 흠칫하고 놀라더니 아하 하는 표정으로 내게 다가왔다. 그때까지도 나는 끈을 손에 쥐고 있었다. 아주머니는 내 이마에 맺힌 땀방울을 닦아주며 수어로 내게 뭐라고 말했다.

 무슨 말이었을까. 고맙다는 말이었을까. 아니면 이젠 끈을 놓아도 된단다 얘야. 네 마음속에 도사리고 있는 건 아줌마가 가져갈게. 아기가 우는 걸 알려줬잖니? 그러니 이젠 끈을 놓아도 된단다 얘야, 이렇게 말했을까.

 어린 나는 까맣게 몰랐다. 그 순간 내가 거세되었다는 것을.

2부

가족

주삿바늘을 피해 숨는 혈관

1

집에 포도주가 두 병이나 더 있었다. 다용도실 박스 안에 들어 있는 걸 뒤늦게 발견했다. 하나는 적포도주고 나머지 하나는 백포도주인 걸 보니 역시 누군가에게 세트로 선물 받은 모양이다. 선물해준 사람이 누구인지 기억하지도 못하는 내가 한심했고, 그 사람에겐 미안했다. 누군지도 모르는 그 사람을 위해 적포도주를 땄다. 천원숍에서 2천 원 주고 사온 코르크 따개를 당분간은 쓸 일이 없으려니 했는데, 갑자기 요긴해진다.

2

핏빛 포도주를 보니 어머니와 병원에서 지내던 때가 떠오른다. 아, 그 지겨운 병원 냄새. 동이 트기도 전에 채혈실 간호사들이 병실을 돌아다니며 환자들의 피를 뽑곤 했다. 모닝콜이 아니라 모닝 블러드인 셈이랄까. 새벽마다 주삿바늘에 찔리면서 깨어나는 기분은 어떨까.

3
피를 자주 뽑다 보면 혈관이 보이지 않게 된다고 간호사들은 말했다. 혈관이 숨어버린다고.
"애들도 반복해서 찔리다 보면 스트레스를 받는지 숨어버려요. 양쪽 팔에서도 혈관을 찾지 못하면 하는 수 없이 발가락 사이에 주삿바늘을 꽂고 뽑기도 하죠."

4
간호사가 피를 뽑아 가고 나면 어머니는 잠이 덜 깬 얼굴로 볼멘소리를 하곤 했다.
"저 사람들은 매일 내 피를 뽑아 가서 뭐 한다니?"
"검사하는 거죠, 이것저것."
"무슨 놈의 검사를 매일 한다니. 지겨워 죽겠네, 정말."

5
그리고 사나흘에 한 번쯤은 채혈이 끝난 뒤에도 다른 검사를 받기 위해 눈을 비비며 1층이나 2층 검사실로 내려가야 했다. 어머니를 휠체어에 태우고 유난히 큰 병원 엘리베이터에 오르면 세상이 무섭도록 조용했다. 우우우웅 하며 엘리베이터 움직이는 소리가, 마치 주삿바늘을 피해 숨어버리는 혈관처럼, 세상이 그렇게 우리만 남겨놓고 어딘가로 도망가는 소리처럼 들렸다.

"어머니."

"응?"

"우리 퇴원하면 다시는 병원에 오지 말아요."

"그럼 당연하지. 에이고 난 정말 병원이 싫다. 너도 고생이고. 나중에 또 이 모양이 되면 그땐 제발이지 돈 들여서 이렇게 살려놓지 마라 에이고."

엘리베이터가 1층에 멈추면 나는 휠체어를 밀기 전에 아주 깊게 숨을 들이쉬곤 했다. 도망가는 세상에게 잘 가라고 인사하듯이.

관상동맥
-『로미오와 줄리엣』

1

잘 가라고 인사해야 할 땐 그리 하더라도, 그전에 해야 할 일은 마땅히 해야 한다. 삶은 엉덩이라고 말했잖은가. 부드러운 비단길의 쓰다듬만 받고 있을 수만은 없다. 자갈밭의 무자비한 공격도 감수해야 한다. 그래야만 삶의 고비에 처할 때마다 지혜롭게 대처할 수 있어서가 아니라(이런 말들이야말로 과잉된 '주어', 그러니까 주어놀음에 빠진 주어가 끊임없이 '나'를 현혹하기 위해 늘어놓는 거짓말에 불과하다), 삶을 정당하게 겪고 후회 없이 인사할 수 있기 때문이다. 그러기 위해서는 내게 주어진 '주어'의 몫을 감당해야 하고 '주어'와 협력해야 하며, 협력이 끝난 뒤에는 '주어'에게 버려지는 경험도 해야 한다. 하여『오셀로』의 이아고가 던지는 다음과 같은 대사를 자신의 것으로 받아들여야 한다.

"I am not what I am."

2

『로미오와 줄리엣』이 비극인 이유는 그들이 이루어질 수 없는 사랑 때문에 비극적인 최후를 맞아서가 아니라, 그들 중 누구도 이아고의 저 대사를 자신의 것으로 받아들이지 못한 채 삶을 마감했기 때문이다. 그들은 마치 주삿바늘에 반응하는 혈관처럼 숨어버렸다. 덕분에 자신들의 혈관은 물론 다른 혈관에까지 탁하고 끈적한 피가 흐르도록 방치하고 말았다. 과잉된 '주어'도 문제지만, 과잉된 '나'도 문제다.

3

『로미오와 줄리엣』에서, 비록 야비하긴 하지만 그나마 어른 같은 고민을 부여받은 인물은 베로나의 군주 에스칼루스뿐이다(어른 같은 고민이란 게 대부분 야비한 것이다. 그들은 이른바 '고딩' 시절 연습장 한쪽 구석에 '사느냐 죽느냐 그것이 문제로다'라고 적었던 기억을 모두 잊은 것처럼 굴어야 하니까).

자신이 다스리는 시의 양대 가문이 사적인 감정 때문에 으르렁거리니 시 행정은 물론이고 공동체의 치안마저 제대로 유지하기가 힘들었을 것이다. 두 가문의 패거리들이 칼을 차고 돌아다니며 싸움질을 하는 바람에 길거리에 시체가 뒹굴기도 하고, 시내 곳곳에 포도즛빛 핏자국이 낭자했을 테니까.

어디 군주만이겠는가. 두 가문에 속하지 않은 시민들은

어느 쪽과 줄이 닿아 있느냐에 따라 생계를 위협당하기도 했을 것이다. 군주는 아마도 숱하게 계산기를 두드렸으리라. 두 가문이 한 치의 양보도 없이 대립하는 것이 오히려 공동체에 도움이 될지 아니면 어떤 방법을 동원해서라도 화해를 이끌어야 공동체도 살고 자신도 권력자로서 우뚝 설 수 있을지.

4

로미오와 줄리엣은 사랑을 통해 자신들의 '주어'가 눈뜨도록 했어야 했다. 비록 그 사랑이 호르몬의 장난에 불과한 것이었더라도 말이다. 실제로 로미오는 줄리엣을 만나기 직전까지만 해도 다른 여자에게 흠뻑 빠져 정신을 못 차리고 있었잖은가. 살아남았다면 죽을 때까지 골백번도 더 했을 사랑이다. 게다가 그들은 일반적인 '혈관'이 아니었다. 유력한 가문의 유일한 아들과 딸로서 장삼이사張三李四들이 누릴 수 없는 행운을 타고난, 이를테면 특수 혈관들이었다.

5

철천지원수로만 알았던 상대 가문의 사람과 사랑에 빠졌다면, 그리고 그 사랑이 단지 호르몬의 장난질만은 아니었다면, 그들은 당연히 자신들이 처한 현실에 새롭게 눈을 떴어야 했다. 그리고 자신들에게 부여된 '주어'의 역할을 다하면서 고통을 감수하고 치욕을 떠안으며 두 가문의 거짓된 화해라도 이끌어냈어야 했다. 그러고 나서 둘이 사랑의 도피 행각을 벌이든 죽음을 택하든 그건 온전히 그들의 몫이다. 하지만 세상에 작별을 고하는 의미가 무엇인지도 모른 채 떠나버림으로써, 그들이 속한 두 가문은 물론 공동체 또한 원죄에 의한 거짓된 화해와 협력이라는 탁한 피를 부여받게 만들었다. 이거야말로 비극이다. 그들에게도 공동체에게도.

6

그러니 로미오와 줄리엣은 『로미오와 줄리엣』의 주인공인 것은 분명하지만 '주어'가 빠진 주인공일 뿐이다. 에스칼루스 군주에게 정치적 주어 역할을 맡기고 떠나버린 '주어' 없는 '나'들. "I am not what I am"이라고 말할 수 없는 'I'들.

7

혈관 중의 왕은 심장이다. 모든 혈관에 맑은 피를 공급하는, 가장 크고 가장 중요한 혈관. 실제로 심장은 왕관을 쓰고 있다. 관상동맥冠狀動脈. 심장에서 나와 어떤 장기도 거치지 않고 곧바로 심장으로 다시 연결되는 혈관, 더 정확히는 심장의 근육에 피를 공급해 심장이 뛰도록 만들어주는 혈관. 심장을 감싸고 있는 모습이 왕관처럼 보여 그렇게 부른다.

8

심장이 맑은 피를 공급해야 하는 모든 장기에는 심장 자신도 포함된다. '모든 사람은 죽는다'처럼 '모든'이 주어가 된 명제들이 하나같이 텅 빈 명제라는 것을 심장처럼 절실하게 깨달은 장기도 없을 것이다. '모든'이라고 말하면서, 동시에 그 말을 하는 나까지 '모든'에 포함시켜야 하는 딜레마. 그 딜레마를 심장은 자신의 밖으로 향했다가 다시 자신으로 돌아오는 짧은 길을 내는 방법을 통해 극복한다. 끊임없는 박동으로 자신을 제외한 '모든' 장기에 피를 뿜어대면서 동시에 자기 자신에게도 뿜어대는 방법. 스스로에게 '나는 네가 누구인지 모른다, 네 이름도 모르고 너를 본 적도 없다'고 말하는 '나', '주어' 중의 '주어', 바로 왕관을 쓴 심장이다.

9

어머니의 심장은 왕관을 빼앗겼다. 왼쪽 종아리에서 '적출'한 혈관이 그 자리를 대신 차지하고 있다. 심장을 멈춰놓고 인공심장을 돌린 상태에서 여덟 시간 가까이 진행된 대수술이었다.

어머니 심장의 왕관은 더 이상 생명의 딜레마를 극복한 '주어' 중의 '주어'가 아니라, 생명을 위협하는 흉기가 되고 말았다. 심장에서 왕관을 빼앗지 않으면 다른 장기는 물론이고 무엇보다 심장 자신이 살 수 없었다. 의사는 말했다.

"환자분은 관상동맥이 막히고 낡은 것에 비하면 심장의 운동 능력은 아직도 왕성한 편이에요. 그러니 악순환이 되풀이되는 거죠. 관상동맥이 점점 더 빨리 막히고 낡아갑니다. 상대적으로 튼튼한 심장 때문에 말이죠."

자신은 물론 다른 장기들의 생명 유지를 위해 반드시 해결해야 할 딜레마를 멋지게 극복한 대가로 얻은 왕관이, 그 '주어' 중의 '주어'가, 이젠 생명을 위협하는 흉기이자, 잉여 중의 잉여가 되고 만 것이다. 심장은 왕관 대신 종아리의 혈관을 걸쳤다. 어머니는 목숨을 부지했지만 그 대가로 몸의 왼쪽 기능을 잃었다. 그래도 어머니의 심장은 여전히 왕성하게 뛰고 있다. 비로소 '나'를 되찾은 것일까.

10

그렇게 생각하니 『로미오와 줄리엣』의 승자는 에스칼루스 군주가 아니라 이름 그대로 로미오와 줄리엣이었다. 그들은 자신들이 써야 할 왕관이 이미 종아리의 낡은 혈관으로 대체되었다는 걸 알고 있었던 것이다. 살아남는다면 기껏해야 『베니스의 상인』의 안토니오와 포셔가 되어 조울증을 앓거나, 더 늙어서는 『리어 왕』의 노망 든 왕 리어가 되리라는 걸 알았던 것이다. 하여 그들은 '나'도 버리고 '주어'도 포기한 채 사랑을 선택한 것이리라. 사랑이 무엇인지도 모른 채.

"나는 왜 이렇게 우울한 것일까"

1

나는 대체 왜, 난데없이, 셰익스피어의 희곡을 찾아 읽고 있는 걸까. 셰익스피어에 남다른 관심이 있는 것도 아닌데다 심지어 그의 연극을 본 적도 없으면서.

실제로 그랬다. 한 번쯤은 봤겠거니 생각했었는데 곰곰이 돌이켜보니 셰익스피어의 연극을 단 한 편도 본 적이 없다. 그런데 왜 이제 와서……

2

어머니가 심장 수술을 받고 나서 그 후유증으로 몸 왼쪽이 마비되었을 때, 가족 중에 어머니 곁을 지킬 사람은 나뿐이었다. 상황이 그랬다. 병원 생활을 함께했음은 물론, 흉부외과에서 재활의학과를 거쳐 퇴원한 뒤에도 나는 흔들림 없이 어머니 곁을 지켰다. 비록 몸은 피곤했지만 마음은 달랐다. 좀 과장하자면 태어나서 처음으로 뭔가 의미 있는 일을 하고 있다는 생각에 더없이 가벼웠다. 난생처음 내 몫의 역할을 부여받은 느낌이었달까.

3

길게 봐야 5년일 거라고 여겼다. 그 안에 어머니 상태가 말끔하게 나아져서 원상태로 회복되면 나는 다시 독립을 할 것이고, 그렇지 못하면, 안타깝지만 돌아가시려니 했다. 어쨌든 적어도 3년 안에 마비된 왼쪽 몸을 정상으로 돌려놓아야만 했다. 그런데, 그 시간이 5년을 지나 10년을 훌쩍 넘어버린 데다 어머니 상태는 '늘 거기서 거기'를 벗어나지 못했다. 그러자 시간은 더 이상 의미를 갖지 못했다.

4

많은 걸 알게 되었다. 그중 하나는 아버지가 아플 때와 어머니가 아플 때가 크게 다르다는 것이었다. 아버지가 아픈 건 가족 구성원 가운데 한 명이 아픈 것이지만, 어머니가 아픈 건 곧 집이 아픈 것이었다. 아픈 아버지를 간병하면서 그 빈자리를 채우는 건 언제나 어머니의 몫이었지만, 아픈 어머니를 간병하며 그 빈자리를 채울 사람은 가족 중에 아무도 없었으니까. 누군가 채운다 해도 나머지 자리가 무너지거나 최소한 균열되기 쉬웠다.

5

또 알게 된 것도 있다. 내가 어머니와 그다지 친하지 못했다는 것. 내 잘못이 아니었다. 병원에서나, 어머니를 부축하고 땀을 뻘뻘 흘려가며 한의원을 오가는 길목에서나, 이렇게 저렇게 부딪히는 사람들은 하나같이 "어이구 효자 아들을 두셨네요"라며 말을 건네곤 했다. 처음엔 칭찬일 줄 알았는데 알고 보니 아니었다. 이 말은 말하자면 사회적 은어인 셈이었다. 저런 인간들을 효자나 효녀, 효부라고 칭하자. 그래야 우리 맘이 편하니까.

아니, 그게 아닐지도 모른다. 부모를 간병하는 건 착한 아들이나 딸이라면 당연히 해야 할 일이라고 여기게 만들려는 전략인지도 모른다. 그래야 부모와 자식 간에 개인적인 관계가 이루어지지 않을 테니까.

6

가령 내가 결혼해서 자식을 낳았고, 그 자식이 나중에 병든 나를 간병한다면, 어느 쪽이 더 기분 좋을까. 자식이기 때문에 당연히 해야 할 도리를 하는 것이라고 말할 때와 내 아버지인 아무개 씨를 좋아하기 때문에 간병하는 것이라고 말할 때. 후자라고 해서 뭐 크게 기쁠 건 없겠지만, 그래도 전자라면…… 치욕적이지 않을까? 내가 당신을 간병하는 건 단지 내가 당신 자식인 데다 나로서는 자식의 도리를 다하고 싶기 때문이지 다른 이유는 없어요, 뭐 당신하고 그렇게 친한 것도 아니고…… 그러니 어서 낫기나 하세요.

7

그러니 사회가 말하는 효자나 효녀는 이렇게 규정할 수 있겠다. 자신의 부모를 죽을 때까지 간병할 수는 있어도, 부모와 개인적으로 친해지는 건 죽기보다 싫은 사람들.

사회로서는 어쩔 수 없는 일인지도 모른다. 왜냐하면 자식이 부모와 개인적으로 친해진다는 건 거꾸로 개인적으로 사이가 나빠질 수도 있다는 뜻이고, 그럴 땐 다른 관계와 마찬가지로 영영 헤어질 수도 있다는 뜻이니까. 그걸 용인할 사회가 어디 있겠는가.

8

아니, 어쩌면 사회는 바로 그걸 용인해야만 하는지도 모른다. 부모와 자식이 철저히 독립해서 살다 죽을 수 있는 권리를 지켜주는 사회. 부모와 자식이 서로에게 감정적으로든 경제적으로든 매달리지 않고, 독립적으로 살면서 친해질 수 있도록 도와주는 사회. 개인의 자기 결정권을 끝까지 지켜주는 사회.

9

어머니 팬티를 수백 번도 더 벗겼을 것이다. 당신 혼자 화장실에 가고 샤워를 할 수 있을 때까지는 어쩔 수 없이 내 손을 빌려야 했으니까. 그럼에도 나와 어머니 사이엔 완전히 무너뜨릴 수 없는 벽이 존재했다. 어머니와 아들이라는. 나는 내 어머니이기 전에 남순이라는 이름을 가진 내 오랜 동거인을 간병한다고 생각했지만, 그건 불가능했다. 왜냐하면 나라는 존재는 내 어머니이기 전에 남순이라는 이름을 가진 여자와는 개인적인 관계를 맺을 수 없으니까.

10

어머니가 아팠고, 집이 아팠고, 내가 아팠다. 내 아픔만 티가 나지 않았다. 티가 나지 않는 아픔처럼 골치 아픈 아픔도 드물다. 마흔이 넘을 때까지 입에 대지도 못하던 술을 마시기 시작했다. 처음엔 잠을 잘 수 있다는 생각에 홀짝홀짝 들이켰지만, 나중엔 생각을 하지 않으려고 투명한 소주잔에 조용히 술을 부었다. 생각 없는 기계가 되는 게 차라리 낫겠다 싶었다.

11

그러던 어느 날 도서관 서가에서 우연히 빼 든 책의 첫 문장을 읽고 나는 숨을 쉬지 못할 정도로 온몸이 굳어버리는 걸 느꼈다.

"나는 왜 이렇게 우울한 것일까."

셰익스피어의 희곡 『베니스의 상인』 1막 1장의 첫 문장이자 안토니오의 대사.

12

아마 그때부터 셰익스피어의 희곡들을 찾아 읽기 시작했으리라. "나는 왜 이렇게 우울한 것일까"라고 중얼거리면서.

흰 건반과 검은 건반
-『베니스의 상인』

1

첫 문장인 안토니오의 대사와는 달리『베니스의 상인』은 절묘한 협력의 사례를 보여주는 희곡이다. 음악으로 말하자면 화성和聲을 이루는 과정에 해당된다고 할 수 있을까.

각각의 인물은 일정한 음을, 인물들의 결합은 화음을 이루는 것처럼 보인다. 안토니오는 바사리오와 결합하고 바사리오는 포셔와 결합하고 포셔는 벨라리오를 통해 안토니오와 결합한다. 한편 네리사는 그라티오노와 결합하고 로렌초는 제시카와 결합하며, 란스롯은 바사리오와 결합한다. 이야기는 이들 각각의 음이 음의 세기, 타이밍, 길이까지 안배해가며 협화음을 이루고 마침내는 모두 한 자리에 모여 화성을 이루는 것처럼 구성되었다. 이 과정은 또한 이들 음들이 샤일록이라는 음과 결합했다가 완전히 배제하는 과정이기도 하다.

2

절묘한 화음을 이루는 인물들이, 법정에서 샤일록의 손아귀에 갇혀 있던 안토니오를 구해낸 뒤 포셔의 저택으로 돌아올 무렵, 저택을 지키고 있던 로렌초가 악사들을 불러 음악을 청하고 제시카에게 함께 음악을 듣자고 권하는 대목이 흥미롭다.

제시카 고운 음악을 들을 때면 난 절대 흥이 안 나.
로렌초 네 정신이 주의를 기울이기 때문이야. 야생에서 뛰노는 짐승 떼를 보거나 어리고 길 안 든 수말의 무리를 지켜보면 그들은 몸속에서 피가 끓기 때문에 미친 듯이 날뛰면서 힝힝 킹킹 울어대지. 하지만 혹시라도 나팔 소리를 듣거나 그 어떤 곡조라도 귀에 와 닿게 되면 사나운 시선이 감미로운 음악의 힘으로 얌전한 응시로 바뀌면서 다 함께 정지하는 모습을 볼 거야. 그래서 시인은 오르페우스가 나무, 돌, 강물을 움직였다 꾸몄어. 음악이 잠시 그 본성을 못 바꿔놓을 만큼 무감각하거나 광란에 찬 것은 없으니까. 자신의 마음속에 음악이 없거나 아름다운 화음에 무감동한 사람은 역모와 계략과 약탈에나 어울려. 그자의 정신은 밤처럼 둔하게 움직이고 그자의 감정은 명부처럼 시커멓지. 못 믿을 건

그런 자야. 음악을 잘 들어봐.[20]

그리고 그때 등장한 포셔는 네리사에게 이렇게 말한다.

포셔 맥락 없이 좋은 건 아무것도 없나봐. 낮보다는 소리가 훨씬 곱게 들리는군.
네리사 고요함이 주는 효과랍니다, 마님.
포셔 외따로 있으면 까마귀도 종달새만큼이나 감미롭게 노래하지. 그리고 내 생각에 만약에 꾀꼬리가 거위들이 꽥꽥대는 낮 동안에 운다면 굴뚝새에 비하여 더 나은 악사로 생각되진 않을 거야. 얼마나 많은 것이 때가 잘 맞았을 때 올바른 찬사와 진정한 완성을 얻는가![21]

3

이 구절들을 반복해서 읽다가, 내가 매우 중요한 문제를 간과했다는 사실을 깨달았다. 그건 바로, 내가 누군가에게 음악과 소음을 구분하지 못한다고 말했다는 것.

---

20 윌리엄 셰익스피어, 『베니스의 상인』, 최종철 옮김, 민음사, 2010.
21 같은 책.

4

도서관 서가에서 이런저런 책들을 빼 들었다. 실전용 실용음악 코드이론부터 음향학 교재까지. 서점에서는 『과학으로 풀어보는 음악의 비밀』이라는 책을 샀다. 어떤 건 유익했고, 어떤 건 어지러웠다.

음악의 기본이 되는 음과 소음의 차이에서부터 악보에 담긴 화성과 선율에 이르는 과정이 기록되어 있는데, 그 지난한 역사는 수학과 물리학, 음향학, 심리학 등 온갖 분과학문이 협력을 통해 이룬 역사였다.

하지만 음악을 따로 공부할 것도 아니니 내게 필요 없는 것들을 제외하고 나면, 이들이 내게 전하는 메시지는 '음악은 질서에서 질서를 만들어내는 과정'이라고 해석될 수 있지 않을까.

5

가령 모든 음은 소음이라는 무질서에서 걸러낸 하나의 질서다. 음악을 이루는 음은 결국 일정한 진동이 유지되는 소리라니까. 그렇게 만들어진 질서의 단위인 음은 현의 길이 혹은 주파수가 정확이 두 배가 되는 음과 한 쌍을 이룬다. 옥타브다. 말하자면 하프의 가장 긴 현과 그 절반 길이의 현이 내는 음높이의 차이(음정)가 바로 옥타브인 셈. 이 옥타브 안에 12개의 음을 같은 음높이로 오르고 내리게 만들려는 노력이

수천 년 동안 이어졌다. 피타고라스는 5음 음계를 통해 유리수 배로 늘거나 줄게 해서 12음계를 만들 수 있다고 장담했지만 결과는 꽝이었다. 무리수를 피했던 그로서는 넘을 수 없는 장벽에 부딪혔고, 그 후 순정률을 거쳐 평균율에 이르러서 각 현의 길이 또는 주파수가 정확히 5.9463퍼센트씩 늘거나 줄어야 한다는 결론에 도달했다.

하지만 이것도 확실한 해결책은 아니었다. 피타고라스가 부딪쳤던 문제, 그러니까 이른바 '피타고라스의 콤마'라고 불렸던 난제는 평균율에서 다만 봉합되었을 뿐이다. 흔히 '맥놀이 현상'이라고 불리는, 불협화음을 내는 음높이의 차이를 여러 음에 분산시켜놓은 것뿐이니까. 더군다나 지금의 표준 음높이는 1939년 런던에서 열린 국제회의에서 정한 것이다 (미들C 바로 위의 A의 기본 주파수를 440Hz로 정한 것).

6

이런 정보들을 접하면서 떠오른 생각은 음악도 결국은 연극처럼 주어들의 놀이가 아닐까 하는 것이었다. 각각의 주어들은 질서의 최소 단위고, 그런 주어들 중 서로 호응하여 화합할 수 있는 주어들이 적절한 타이밍에 결합될 때 비로소 또 다른 의미의 질서가 만들어지는 것이니까.

그러니 저 앞의 대사 중 로렌초의 대사는 음악이 무질서(소음)를 잠재우는 질서(화음)로 작용한다는 의미일 테고, 포셔의 대사는 협화음이라는 것 또한 단순히 음향학적인 측면, 즉 소리 그 자체의 어울림('음의 협화음')만이 아니라, 소리의 어울림을 듣는 자들의 심리적인 측면은 물론, 음악이라는 '맥락'에서 얼마나 적절한 시간에 제자리를 찾아 결합했느냐('음악적 협화음')까지 고려해야 한다는 의미이리라.

7

진동의 주파수가 정수배 혹은 유리수배로 증감하는 것이 음이라는 주어들의 관계를 규정하는 요인이기도 하지만, 정수배 혹은 유리수배로 증감하는 주파수는 하나의 음 안에도 존재한다. 그러니까 우리가 악기로 들을 수 있는 음 중에서 단 하나의 진동 주파수만 갖는 순음純音은 없는 셈이다. 모두 110, 220, 330, 440Hz 등의 다양한 주파수가 조합된 조합음이다. 110, 220, 330Hz의 조합인 경우 우리가 듣는 기본 소리는 110Hz다. 이걸 기음基音 혹은 기저음基底音이라고 한다.

8

『과학으로 풀어보는 음악의 비밀』의 존 파웰에 따르면 110, 220, 330Hz의 주파수군을 갖는 음의 경우 기본 주파수인 110Hz를 제거해도 우리는 여전히 해당 음의 기본 주파수를 110Hz로 듣는단다. 이른바 '소실된 기본 주파수가 들리는 현상'은 주파수군을 이끄는 우두머리 주파수가 110Hz이기 때문인데, 좀 과장해서 말하자면 이럴 때 우리는 "실제로 나지 않는 음을 듣고 있는 것이다."[22] 비록 기본 주파수로 음을 감지하지만 정수배로 늘어나는 여러 개의 주파수군을 거느린 덕에 음들은 다양한 음색을 낼 수 있노라고, 파웰은 말한다.

9

우두머리 주파수를 음의 '우두머리 주어'라고 부를 수는 없을까. 내 안에서 주어가 마치 정수배로 늘어나듯이 한도 끝도 없이 불어나는 것 같을 때마저 우뚝하니 나를 이끄는 '주어'. 오직 관계 속에서만 자신의 역할을 수행할 수 있기에, 나를 끊임없이 관계 속으로 끌고 들어가 다양한 주어의 조합으로 만드는 우두머리 주어. 간혹 '모든'으로 시작하는 논리와 결합해 부분이 곧 전체이고 전체가 곧 부분이라고 주장하기도 하는 그 주어. 덕분에 우리를 다양한 음색을 낼 수 있는 조합음으로 만들어주는 주어.

10

주어들이 결합해 멋진 화음을 이루는 경우, 서로 어울려 불협화음을 만드는 주어는 배제된다. 아니, 정확히 말하자면

---

22   존 파웰, 『과학으로 풀어보는 음악의 비밀』, 장호연 옮김, 뮤진트리, 2012.

화음을 만드는 과정이 곧 함께 어울려 불협화음을 낼지도 모르는 음을 제거하는 과정인 셈이다. 샤일록은 불협화음을 내는 소리의 대표격이다. 이른바 '돈밖에 모르는 더러운 유대인'으로서.

11

그런데 과연 '제거' 자체가 목적일까. 그렇다면 화음이 갖는 의미는 축소되는 것이 아닐까. 자연스럽게 각각의 음이 갖는 의미 또한 오그라드는 것이고. 『음악음향학』에서 저자인 이석원은 이렇게 말한다.

> "음악적 맥락 속에서 불협화음을 들으면 감상자는 자신의 음악적 경험과 지식에 따라 협화음으로의 해결을 기대한다. 퀼러는 이러한 기대를 '요구됨 requiredness'이라고 표현하는데, 만약 2도나 7도가 지각적으로 완전히 해방되어 우리에게 해결을 요구하지 않는다면 음악을 듣는 의미의 많은 부분을 잃게 된다는 것이다."[23]

그리고 『서양음악사』의 저자 그라우트의 말을 인용

---

23   이석원, 『음악음향학』, 심설당, 2003.

한다.

> "예술의 양식들은 (적어도 최후에 가서는) 그들 가치
> 를 정당하게 판단함으로써 정당화되어야 한다."[24]

화음은 불협화음의 긴장을 넘어서 뭔가 해결되거나 해소되었다는 느낌을 전해줌으로써 의미를 갖는다. 그리고 이것이 바로 화음이 스스로를 정당화하는 방법이다. 각각의 음은 말할 것도 없으리라.

12

그러니 샤일록은 안토니오를 비롯한 다른 인물들에겐 정당화를 위협하는 하나의 도전이자 긴장을 불러일으키는 존재였던 셈이다. 샤일록을 제외하면 다른 인물들은 하나같이 결함을 가진 존재들이다. 안토니오는 여러 척의 선단을 한꺼번에 띄우는 무리수를 두고도 태평하기만 한 한심한 사업가이고, 바사리오는 포셔의 사랑을 얻기 위한 여비마저 친구인 안토니오에게 꾸어야 할 만큼 대책 없는 루저다. 한편 포셔는 아버지의 유언을 받든다는 핑계로 순전히 운에 의지해서 자신의 사랑을 결정짓는 몽상가에 불과하다. 이들에 비한

---

24 같은 책.

다면 샤일록은 온전한 어른이다. 저들이 내뱉는 욕설과 침을 고스란히 맞아가며, 상권이 극도로 제한된 환경에서 돈과 다이아몬드를 움켜쥐고 이자로 자신의 생명을 늘려가는 것만이 스스로를 지키는 유일한 방법임을 깨달은 존재다. 이 희곡에서 다른 인물들과 달리 지극히 산문적이고 독립적인 대사를 내뱉는 유일한 존재.

13

뭔가 결함을 가진 존재들은 샤일록이라는 도전을 함께 해결함으로써 스스로를 정당화한다. 법정을 나오는 그들은 더 이상 예전의 그들이 아니다. 폭풍을 만나 침몰했다는 안토니오의 선단은 멀쩡히 돌아오고, 바사리오는 당당한 남편이 되며, 포셔는 자신의 운명을 운에 맡기는 몽상가에서 기지를 발휘해 안토니오를 구하고 샤일록을 파멸로 몰아넣은 여장부가 된다. 해결을 통한 정당화. 하지만 반지가 남았다.

14

그저 단순한 해프닝에 불과해 보이는 반지 소동은 또 다른 도전과 갈등이 이들 속에서 잉태되고 있음을 보여준다. 법학사로 남장을 하고 법정에서 대활약을 펼친 포셔와 네리사는 감사의 뜻을 전하고 싶다는 바사리오와 그라티오노에게 반지를 달라고 청한다. 손에서 빼내 다른 누군가에게 주는 즉시 목숨을 버리겠노라고 맹세하고 포셔와 네리사에게 받은 반지다. 주저하는 듯하더니 그들은 결국 반지를 빼준다. 그 반지는 다른 누군가에게 준 것이 아니다. 포셔와 네리사에게 준 것이니까. 하지만 동시에 그 반지는 엄연히 다른 누군가에게 준 것이다. 법학사들에게 준 것이니까. 포셔와 네리사는 나중에 그 사실을 밝히고 자신들의 침대에서 법학사들(자신들)과 함께 잘 것이라고 엄포를 놓는다.

15

겉으로는 사랑을 더욱 강고하게 만들어준 한바탕 소동에 지나지 않은 것처럼 보이지만, 사실은 평균율이 불협화음을 내는 음높이의 미묘한 차이를 12음으로 분산시켰듯이 샤일록이 이들 사이로 분산된 것이다. 해결을 통한 정당화가 단 한 번에 끝나는 것은 아니니까.

암세포 같은 샤일록, 그 '돈밖에 모르는 더러운 유대인'을 제거한 자리가 그라운드제로처럼 영원히 남겠는가. 전체를 위한 부분, 부분을 위한 전체를 경험한 그들은 공동의 적을 제거했을 뿐만 아니라, '다른 것'을 찾아내 박멸하는 묘한 쾌감을 경험한 것이기도 하다. 이제 그들은 자신들 속에서 자신들과 달리 '돈밖에 모르는 더러운 기독교도'를 찾아내는 쾌감을 누리게 될지도 모른다. 더군다나 그것은 '맥락'만 바꾸면 '다른 것'의 처지가 바뀌고 마는 '다른 것' 찾기에 불과하다.

16

그러니 『베니스의 상인』의 1막 1장이 "나는 왜 이렇게 우울한 것일까" 하고 탄식하는 안토니오의 대사로 시작하는 것이 하나도 이상하지 않다. 우울할 수밖에 없는 존재들 아닌가. 하나의 음으로는 아무것도 이룰 수 없는데다가 협력하여 화음을 이룬다고 해봐야 자기정당화에 지나지 않는 짓을 할 뿐인 존재들. 우울하기 이를 데 없다. 마치 어스름이 내리는 창가에 홀로 서서 조용히 피아노 건반 하나를 지그시 누르는 '어떤' 존재 같달까. 소실되고 나서도 여전히 그 소리로 들려야만 하는 존재. 110Hz.

결론에서 결론으로
우리를 이끄는 이야기들

1

한 병 남은 포도주를 마저 땄다. 백포도주. 달걀을 풀어 끓인 라면과 함께 마셨다. 이러다 '와인' 애호가들에게 돌 맞는 건 아닌지 모르겠다. '맥락'이라는 단어를 중얼거리며 마셨다.

2

내겐 중요한 것이다. 이 따위 허접한 글을 번호까지 붙여가며 하염없이 쓰고 있는 것도 다 맥락을 얻기 위해서니까. 맥락에 나를 집어넣지 않으면 내 안에 차오르는 맥락 없는 이야기들을 이겨낼 수가 없다. 조급하게 맥락도 없는 결말로 치닫기만 하는 그 이야기들. 결국엔 내 두 손에 검붉은 피를 묻히고 창백해진 심장으로 두 손을 멍하니 바라보는 '나'로 줄달음치는 그 이야기들. 두려우면서도 묘한 안도감을 주는 이야기들.

3

그 이야기들이 얼마나 치명적인가는 이야기가 내 안에 가득 들어찰 때면 실제로 배가 마치 농구공처럼 부풀어 오르는 것만 봐도 알 수 있다. 나는, 아직은 피 묻지 않은 두 손으로 잔뜩 부풀어 오른 배를 받쳐 들고 조용히 고개 숙여 그 배를 내려다본다. 이야기에 맥락을 부여하면 신기하게도 언제 그랬냐는 듯 바람 빠지는 공처럼 까무룩 원 상태로 돌아가는 그 배.

4

질서에서 또 다른 질서로 나아가려는 주어와, 무질서에서 질서로 나아가는 길목 어딘가에 주저앉아 양쪽을 바라보며 어떤 결론도 내지 않고 소멸될 때까지 기다리고 싶어 하는 나 사이에는 맥락이 필요하다. 최소한 아직은 그렇다. 실제로 나지 않는 음을 듣는 것처럼, 실제로는 '존재'하지 않을지도 모르는, 이미 소실되었는지도 모르는 '나'를 듣고 느껴야 하는 나로서는, 그렇다.

5

맥락은 질서다. 이미 소실되었을지도 모르는 '나'를 위한 맥락이든, 소실되기 전에 맥없이 주저앉아 마지막 숨을 쉬는 '나'를 위한 맥락이든, 아니면 남김없이 소실되기를 바라는 '나'를 위한 맥락이든, 맥락은 질서다. 하지만 모든 맥락은 질서다, 라고 말하는 것은 기만이다. 그건 모든 사람은 죽는다, 라는 텅 빈 명제에 속는 척하는 것만큼이나 기만적인 일이다.

6
모든 사람은 죽는다, 라는 말에는 '모든' 죽음이 들어 있지도 않고, '모든' 사람이 들어 있지도 않다. 다만 생명을 부여받은 이상 언젠가는 반드시 죽게 되는 사람이 들어 있을 뿐이다. 그런데 생명을 부여받은 이상 언젠가는 반드시 죽는다는 말은, 부분을 위한 전체, 전체를 위한 부분, 이라는 말만큼이나 기만적이다.

7
질서에서 질서로 이어지는 맥락이란 이렇듯 늘 기만적이다. 논리가 그렇고 주어가 그렇고 연극이 그렇고 음악이 그렇듯이, 생명 또한 그렇게 기만적이다.

8
『생명이란 무엇인가』에서 슈뢰딩거는 통계물리적 현상과 유기적 현상을 구분해서 앞의 것을 '무질서에서 질서로 이어지는 현상'으로, 뒤의 것을 '질서에서 질서로 이어지는 현상'으로 나누어 부른다. 두 가지 현상의 차이는 경향성을 띠느냐 그렇지 않느냐에 있다. 가령 브라운 운동을 하는 담배연기의 원자 하나하나와 물속에 섞이는 용액의 원자 하나하나는 전체의 운동과는 아무런 상관없는 행동을 취한다. 말하자면 지들 멋대로 움직이는 것이다. 그들 하나하나를 통제하는 질서 같은 건 존재하지 않는다. '전체가 뭔데? 내가 부분이라고?'

9

하지만 멋대로 움직이는 원자 하나하나와 상관없이 전체 용액은 서서히 물속으로 일정한 방향성을 띠며 섞여든다. 이를테면 어떤 경향성을 갖는 것이다. 이게 바로 슈뢰딩거가 이 책 서두에서 던진 질문, 즉 '원자는 왜 그렇게 작아야만 하는 것일까'에 대한 답이다. 이 질문은 사실 '그토록 작은 원자들이 이루는 물체, 가령 사람의 몸은 원자의 크기에 비해 왜 그토록 커야만 하는 것일까'에 대한 답이기도 하다. 원자가 이루는 물체의 크기가 원자의 크기에 비해 상상 이상으로 커야만 더 많은 원자를 담을 수 있고, 그래야만 자칫 경향성을 파괴할지도 모르는 오차를 줄일 수 있기 때문이다. 슈뢰딩거는 이를 '$\sqrt{n}$의 법칙'이라고 불렀다.

10

"만일 내가 어떤 기체가 특정 압력과 온도 조건에서 특정 밀도를 가진다고 주장하면서, 그 조건에서 특정(실험할 수 있는 크기의) 부피 속에 그 기체 분자가 n개 존재하기 때문에 그렇다고 근거를 댄다면, 당신은 내 근거를 검증할 경우 $\sqrt{n}$ 규모의 오차가 확인될 것이라고 확신해도 좋다. 그러니까 n=100이라면 오차는 10, 다시 말해서 상대오차는 10퍼센트일 것이다. 반면에 n=1,000,000이라면 오차는 1,000, 다시 말해서 상대오차는 0.1퍼센트일 것이다. 대략적으로 말해서 이 통계적인 법칙은 아주 보편적이다. 물리학과 물리화학의 법칙들은 $\frac{1}{\sqrt{n}}$ 규모의 상대오차 범위 안에서 부정확하다. 이때 n은 해당 법칙을 산출하는 데 참여하는(추론이나 실험에서 법칙의 해당 공간이나 시간 구역 안에서의 타당성을 산출하는 데 참여하는) 분자들의 수이다.

여기에서 우리는 유기체가 내적인 삶과 외부 세계와 상호작용에서 매우 정확한 법칙들의 혜택을 누리려면 크기가 비교적 커야 한다는 것을 다시 한 번 확인할 수 있다. 유기체의 크기가 너무 작으면, 함께 활동하는 입자들의 수가 너무 적어서 '법칙'이 너무 부정확해질 것이다. 제곱근 기호는 요구

조건이 매우 강하다는 것을 의미한다. 1,000,000은 큰 수라 할 수 있겠지만, 1000분의 1의 확률로 오차가 일어나는 것은 압도적인 정확도라 할 수 없다. 그 정도의 정확도로는 '자연법칙'의 지위를 요구할 수 없을 것이다."[25]

11

그런데 유기체 안에서는 이와는 전혀 다른 성격의 현상이 벌어진다. 세포, 그중에서도 생식세포가 보이는 현상이다. 생식세포는 체세포와 달리 일반적인 세포분열을 거치다가 느닷없이 감수분열을 한다. 유전물질이 고스란히 두 배가 되는 체세포분열과 달리 감수분열은 유전물질을 반으로 나누는 것이다. 나머지 반은 배우자의 생식세포가 감수분열을 통해 나눈 반으로 채우게 된다.

왜 이런 위험한 짓을 하는 걸까. 되도록 숫자를 늘려 오차를 줄이려고 하지 않고 오히려 숫자를 절반으로 줄이다니. 이런 무모함은 어디서 나오는 것일까.

12

유전자는 원자와 달리 자신이 이미 질서이자 주어라는

---

25 에르빈 슈뢰딩거, 『생명이란 무엇인가』, 전대호 옮김, 궁리, 2007.

걸 알고 있다. 유전자에게 경향성 같은 건 헛소리에 지나지 않는다. 되도록 숫자를 늘려서 이런 모양도 태어나고 저런 모양도 태어나게 하되 그 경우의 수를 무한대로 늘려 경향성의 오차를 줄인다는 생각은 애초부터 고민 축에도 끼지 못하는 것이었다. 말하자면 유전자는 시작부터 결론이었던 셈이다. 생명이 그 자체로 기만인 이유다.

13

주어는 시작부터 결론이었다. 논리도 그렇고 연극도 그렇고 음악도 그렇고 생명도 그렇다. 주어는 무한대의 주어에서 어떤 경향성을 얻어 생기는 것이 아니다. 논리는 무한대의 명제에서 결론을 얻는 것이 아니다. 음악은 무한대의 음계에서 결합된 것이 아니다(가령 무한대의 건반을 갖는 피아노로는 어떤 음악도 연주할 수 없을 테니까). 연극은 무한대의 인물이 등장하는 무대에서 공연되는 것이 아니다. 생명은 무한대의 유전자가 결합해서 얻어진 경향성의 결과물이 아니다. 이들은 모두 주어에서 주어로, 질서에서 질서로, 결론에서 결론으로 이어지는 것들이다. 그리고 이것이 바로 이들이 기만적일 수밖에 없는 이유다.

14

결론에서 불쑥 튀어나와 결론으로 우리를 이끄는 이야

기들, 결론에서 결론으로 이어지는 맥락들. 그러니 내 배를 농구공처럼 부풀리는 핏빛 이야기들을 잠재울 수 있었던 것은 결론들이었던 셈이다. 핏빛 이야기들이 무작정 달려가곤 하는 그 터무니없는 '결말'이 아닌, 끝을 가지고 시작했기에 끝을 다스리는, 하여 한 마리 짐승처럼 날뛰는 그 핏빛 이야기를 길들일 수 있는 '결론'.

시작과 끝, 그리고 처음과 마지막

1

결론에서 결론으로 혹은 질서에서 질서로 이어지는 길은 두 가지다. 시작에서 끝으로 가는 길과, 처음과 마지막을 반복하는 길. 가령 획득형질이 유전된다는 라마르크의 주장과 자연선택의 손을 들어준 다윈의 주장을 그 두 가지 길의 사례로 보는 건 무리일까.

2

다윈은 라마르크의 주장이 자신의 주장과 상치된다고 여기진 않았을 것이다. 단지 같은 현상을 다른 시각으로 바라본 것뿐이라고 생각했는지도 모른다. 다른 길을 간 것이라고.

완고한 진보주의자였던 라마르크는 새로운 종의 탄생이 그저 우연이 빚은 결과라고 믿을 수 없었다. 그것은 분명한 목적을 갖는 변화여야만 했다. 목적의식과 시간이 단 한 순간도 서로를 외면하지 않고 정해진 목표를 향해 나아가야 했다. 그리고 그 목표 지점엔 당연히 인간이 서 있어야 했다. 말하자면 그에게 진화란, 시작이 있고 끝이 있는 이야기였던 셈이다. 시작에서 끝으로 나아가는 이야기.

3

반면 다윈에게 문제가 되는 것은 시작과 끝이 아니라, 처음과 마지막이었다. 『종의 기원』은 '변이'라는 '처음'과 '형질 분기와 적응하지 못한 것의 멸종'이라는 '마지막'을 반복하는 이야기다. 그 안에 기하급수적인 증가율과, 변종 사이에서 특히 치열한 생존경쟁 그리고 자연선택을 비롯해 용불용의 유전이며, 환경의 직접적인 영향 등이 작용한다.

다윈에게 '시작과 끝'을 가진 이야기는 또 다른 창조론에 불과했을지도 모른다. 그는 "종이라는 말의 발견되지 않은, 또 발견할 수 없는 본질을 쓸데없이 탐색하는 것에서 해방"[26] 되기를 바랐다. 『종의 기원』이라는 제목을 가진 책에서, 바로 그 책의 저자가 이런 말을 했다는 것이 흥미롭다.

4

다윈의 진화론이 갖는 의미는, 인간을 비롯한 모든 생

---

26   찰스 다윈, 『종의 기원』, 송철용 옮김, 동서문화사, 2013.

명은 하나의 종에서 갈라져 나온 것이라는 주장보다, 어쩌면 시작과 끝이 있는 이야기의 종언일지도 모른다. 「창세기」에서 시작해서 「요한계시록」으로 끝나는 이야기. "태초에 하나님이 천지를 창조하시니라"에서 시작해서 "주 예수의 은혜가 모든 자에게 있을지어다. 아멘"으로 끝나는 이야기. 모든 단위체들이 시작과 끝, 그 목적의식적인 이야기가 갖는 의미를 낱낱이 구현하고 있는 이야기의 종언.

5

다윈의 『종의 기원』이 출간된 지 150년이 넘었는데도 대부분의 사람들은 여전히 라마르크주의자로 머물러 있다. 오직 시작과 끝이 있을 뿐인 인생을 살고 있다고 굳게 믿고 있으며, 자신의 생애에 획득한 형질이 자식에게 좋은 쪽으로든 나쁜 쪽으로든 지대한 영향을 끼칠 것이라고 확신하고 있다. 그리고 그 생각은 고스란히 자식에게로 이어진다.

6

큰 의미도 없는 시작에 집착하는 것은 다윈의 말마따나 "종은, 속과 마찬가지로 편의를 위해 만들어진 단순한 인위적 결합물임을 인정"[27]하지 못하는 것이다. 모든 종과 속이

27　같은 책.

각각 독립적으로 만들어졌으며 그 의미는 변질될 수 없다는 완고한 생각은, 신이 만든 것을 내가 더럽힐 수 없으며 만일 더럽힌다면 그것은 씻을 수 없는 죄악이라는 원죄의식과 연결된다. 시작에 대한 이 같은 집착은 결국 죄의식을 갖고 끝까지 가야 한다는 자책으로 이어지고, 그 사이에 처음과 마지막이 반복될 여지 같은 건 없다. 오로지 시작과 끝만 있을 뿐. 저 완고한 시작과 끝.

7

우리 삶에는 시작과 끝만 있는 것이 아니라 처음과 마지막도 있다. 삶의 시작이 반드시 처음인 것은 아니고 삶의 끝이 반드시 마지막인 것은 아니다. 그 사이에 봄은 무수한 처음과 마지막을 반복하고 꽃과 나무도 무수한 처음과 마지막을 반복하듯이, 삶을 살아내는 우리 또한 무수한 처음과 마지막을 반복한다.

8

그것은 마치 피리에 뚫린 구멍들과도 같다. 각각의 구멍은 손가락에 의해 닫히는 순간과 열리는 순간을 반복한다. 각각의 구멍이 전체 음률을 위한 목적의식을 갖는다고 볼 수는 없다. 어찌 보면 구멍들은 따로 논다고 해야 할지 모른다. 각각의 구멍은 다른 구멍을 책임지지 않으며 다른 구멍과 일정한 간격을 정확히 유지하지도 않는다. 구멍을 정확히 똑같은 간격으로 뚫은 피리로는 어떤 음악도 연주할 수 없으니까.

햄릿이 길든스턴에게 피리를 연주해보라고 채근하면서, 멋진 소리가 나는 자신의 구멍을 알고 싶겠지만 만지작거릴 수는 있어도 연주할 수는 없노라며 분노하는 장면이 갖는 의미는 이런 것이리라.

9

당신 삶의 시작과 끝은 당신의 가족이나 친지 혹은 그 누구라도 알 수 있겠지만, 당신 삶의 처음과 마지막, 그 구멍들은 아무나 쉽게 알 수 있는 것이 아니다. 더군다나 처음 중의 처음과 마지막 중의 마지막이라면……

치명적인 맥락, 가족

1

가족이란 시작에서 끝으로 향해 가는 유전자의 지난한 여행에 동행한 집단이기도 하지만, 유전자로서는 결코 개입할 수 없는 처음과 마지막을 구현하는 존재들이기도 하다. 그 처음은 유전자의 반쪽을 결정하는 일이고, 마지막은 각각의 반쪽의 주인들이 자신들의 유전자를 물려받은 존재를, 역시 반쪽짜리 유전자의 보유자로서 나머지 반쪽을 임의로 결정하도록 놓아주는 것이다. 유전자는 자신이 결합할 반쪽이 어떤 것인지 알 수도 없을 뿐만 아니라 관심도 없다.

2

세상 어떤 집단보다 강고한 결속력을 갖는 가족이라는 집단은 우습게도 세상 어떤 집단보다 허술한 조건을 근거로 새로운 구성원을 받아들이는 집단이기도 하다. 가족의 시작은 그 허술하기 그지없는 조건이 맞는다는 이유로 유전자를 교환한, 서로에 대해 쥐뿔도 모르는 남남의 결합일 뿐이니까.

3

내가 만일 아버지가 되었다면, 나 또한 내 자식에게서 내 모습을 보게 되었을까. 나를 얼마나 닮았는지, 내가 어떤 영향을 주게 될지 염려하고 힘들어했을까. 아마 그랬을지도 모른다. 결국 내가 가진 극단의 자리에 자식을 놓게 되거나 아니면 다른 극단으로 내몰았을지도 모른다. 자식의 진짜 모습은 영영 보지 못하게 되었을지도 모른다. 내 자식 또한 내 진짜 모습을 보지 못하게 만들면서. 그런 나를 내 자식은 '아버지'라고 불렀을 것이다. 아버지.

4

아버지는 내게 한 번도 영웅이었던 적이 없었다. 꼬마 아이였을 적에, 또래들이 서로 제 아버지가 더 잘났노라고 핏대를 세우며 싸울 때도 나는 그저 한편으로 물러나 있었던 것으로 기억한다. 그 또래의 자랑거리란 게 어제 울 아버지가 사브레 과자 사왔다, 뭐 이런 것이었을 테니 끼어들자면 못할 것도 없었겠지만(그까짓 것 정 없으면 지어내면 그뿐이었으니까) 그런 걸 입 밖에 내서 표현하는 행위 자체를 두려워했던 건지, 아니면 제대로 된 문장을 만들지 못하면 상대에게 역공을 당할지 모른다고 여겼던 건지, 아무튼 그러지 않았다.

5

기억하기로 아버지는 내게 한 번도 자랑거리를 만들어주지 않았다. 나 또한 당신에게 이렇다 할 자랑거리를 만들어드리지 않았으니 억울할 건 없다. 아버지도 내게 자전거 타는 법이나 여자를 대할 때의 매너 같은 걸 가르쳐준 적 없고, 나 또한 아버지에게 뭘 사달라고 조른 적이 없다. 데면데면한 사이라는 건 이럴 때 쓰는 표현이리라. 내 또래의 사내들이 대부분 그렇듯 남자로서 사는 법은 아버지를 통해서가 아니라 옆집 아저씨나 친구 삼촌들을 통해서 배우는 것이 아니던가. 아버지는…… 남자가 아니니까.

6

대학에 들어가던 해 우연히 외갓집 다락방에 올라갔다가 이런저런 잡동사니들 속에서 아무렇게나 뒹굴고 있는 노트 한 권을 발견했다. 제법 값나가 보이는 노트였다. 벨벳으로 감싼 하드 표지에 두께도 만만치 않아 외갓집 다락방과는 전혀 어울려 보이지 않는 것이었다.

이런 게 왜 여기서 뒹굴고 있는 거지?

조심스럽게 표지를 열고 한 장 한 장 넘겨보면서 나는 내 가슴께에서 무섭게 뛰는 심장박동 소리를 들어야 했다. 그건, 아버지의 일기장, 그것도 젊은 날 어머니와 연애하던 시절의 일기장이었다. 아니, 내 아버지가 되기 전 그러니까 아비가 된다는 것이 무엇인지 모를 때, 지금의 나보다도 훨씬 어리고 그 일기장을 발견했을 때의 나보다는 조금 나이가 든 20대 후반 무렵의 기록이었다.

7

일기장 안에는 1964년경의 명동과 화신백화점이 묘사돼 있고, 그 안에서 장차 내 아버지가 될 사내가 나를 품어 낳게 될 여자와 팔짱을 끼고 밤거리를 거닐고 있었다. 양복 원단 가격과 공임이 군데군데 적혀 있고 연습용으로 그려진 양복 재단 모형 등이 광고처럼 끼어드는 가운데, 나로서는 영 낯선 명칭으로 불리는 내 어머니가 "달콤한 입술을 가진 여인"으로 등장하기도 했다.

그리고 낡은 사진 한 장. 어디선가 알 카포네의 수하들이 딱정벌레차를 몰고 와서는 총질을 하고 달아날 것만 같은 밤거리에, 그 시대 풍으로 한껏 멋을 내고 중절모까지 쓴 아버지와 곱게 화장하고 예쁘게 차려입은 어머니가 수줍은 듯 팔짱을 끼고 나란히 걷는 사진. 당시 그들의 나이가 각각 20대 후반과 20대 초반이었으니 한껏 멋을 부리고 도심의 야경을 즐기는 것이나 달콤한 키스를 나누는 게 하등 이상할 건 없겠지만, 여주인공과 내 어머니를 어찌 연결시켜야 할지 몰라 나는 잠시 아득해졌더랬다.

8

놀라움과 이상한 불쾌감 그리고 도대체 왜 이런 걸 쓴 거야, 하는 건짜증으로 나는 일기장을 미처 다 읽지도 못하고 원래 있던 자리에 던져놓고는 다락방을 내려왔다. 그 후로 얼마간 아버지 얼굴을 제대로 쳐다보지 못했던 걸로 기억한다. 외할머니가 돌아가시고 외삼촌과 외숙모가 집을 옮기는 과정에서 그 일기장을 어떻게 처리했는지 알 수 없다. 더 알 수 없는 것은 그 일기장이 왜 그곳에 보관되어 있었는가 하는 건데, 뭐 그건 중요하지 않다. 다만 내 아버지가 한때나마 일기를 쓴 사람이었다는 게 낯선 느낌을 넘어 묘한 두려움을 자아냈다고나 할까. 왜 그랬을까.

9

아비가 된 뒤로도 그는 계속 일기를 썼을까. 아마 아닐 것이다. 한때나마 자신이 일기를 썼다는 걸 기억이나 하고 있을까. 인생이 이 지경으로 추레해질 거라는 걸 전혀 예상하지 못했을 텐데, 그 기억이라도 간직하고 있다면 위로가 되지 않을까.

아버지의 발바닥
-『심벨린』

1

셰익스피어의 연극을 가족극이라고 부를 수는 없지만, 중심에 가족이 놓이는 것만은 분명하다. 그리고 그 중심엔 아버지가 있다.『리어 왕』이 그렇고,『심벨린』이 그렇다. 하지만 두 작품에 등장하는 아버지는 전혀 딴판이다. 리어 왕이 모든 걸 알려고 하는 아버지라면 심벨린은 아무것도 모르는 아버지다. 두 작품을 합치면 아버지는, '세상 모든 걸 알고 제사장으로서 가족을 주재하려 하지만, 결국엔 아무것도 모른 채 돌아와 홀로 남는 자'가 된다.

2

『심벨린』은 셰익스피어가 아니라 셰익스피어를 흠모한 어떤 작가가 셰익스피어의 작품들을 짜깁기해서 쓴 작품이 아닐까 하는 의심이 들 정도로 셰익스피어답지 못한 작품이다. 인물들은 서로 스며들지 못한 채 자신에게 주어진 역할만 하고 빠질 뿐이고, 모티프 또한 어쩐지 따로 노는 느낌이다. 그걸 상징적으로 보여주는 것이 포스튜머스의 옷을 입고 목이 잘려 죽은 클로텐의 시체다. 이너젠이, 목이 잘린 시체를 발견하고 포스튜머스가 죽었다고 착각하며 오열하는 장면은, 이 작품이 머리 없이 몸만 남은 작품임을 상징적으로 드러내준다.

3

사라진 머리의 주인공은 클로텐이지만, 이 작품 전체에서 사라진 머리에 해당하는 인물은 브리튼의 왕 심벨린이다. 그는 왕이자 아버지로서 국가와 가족의 중심에 놓이지만 정말이지 아무것도 모른 채로(머리가 잘린 채로) 몸만 남아 있다.

4

마지막 장인 5막 6장에서 남장을 한 자신의 딸 이너젠, 그녀가 사랑했다가 오해 때문에 증오하고, 마침내는 죽은 줄 알고 오열했던 연인 포스튜머스, 그들 사이를 이간질했던 쟈코모, 예전의 신하 벨라리어스, 그가 빼앗아간 왕의 두 아들 귀더리어스와 아비레이거스, 조공을 바쳤던 나라지만 이제는 전쟁에서 승리해 당당히 맞서게 된 로마의 장군 루치우스 등이 모두 모인 자리에서, 심벨린은 그간 벌어졌던 일들을 듣게 된다. 그는 말한다.

"발바닥이 타는 것 같다, 어서 요점을 말하라."[28]

5

다른 인물들이 대부분 변신에 변신을 거듭하는 동안 오직 심벨린만이 그저 제자리를 지킨 채 발만 동동 구르고 있다. 하지만 그는 어쨌든 결말을 주재한다. 왕으로서, 제사장으로서 혹은 아버지로서.

6

아버지가 마음속으로라도 계속 일기를 썼더라도 그 일기는 아마 당신의 여자가 더 이상 "달콤한 입술을 가진 여인"이 아니라, 의식을 잃고 가슴을 한껏 열어젖힌 채 수술대 위에 누운, '뛰지 않는 심장을 가진 여인'임을 확인한 순간 멈췄을 것이다. 아니, 그때부터 정말 제대로 된 일기 쓰기가 시작되었는지도 모르지.

7

세상 모든 걸 알고자 밖으로만 돌았지만 결국 아무에게

---

28 윌리엄 셰익스피어, 『심벨린』, 김정환 옮김, 아침이슬, 2012.

도 인정받지 못하고 혼자가 된 아버지가 좁은 집구석으로 돌아와 발만 동동 구르며 세상을 향해 욕하고 삿대질하는 신세가 된 것도 그때부터였으리라. 나는 아버지의 그 '타는 발바닥'을 본 적이 있다. 다락방에서 일기장을 발견했을 때처럼, 아주 우연히.

다시 '장기 적출' 커플

1

『리어 왕』이야기를 하기 전에 우리의 주인공들에게 다시 돌아가야겠다. 너무 오랫동안 버려두었다. 장기 적출 커플. 아니, 헨리 5세와 맥베스 부인 커플.

2

그들이 그날 카페에서 내내 장기 적출 이야기만 나눈 건 물론 아니다. 어떤 이야기를 나누었는지 속속들이 기억나는 건 아니지만, 바로 옆에 붙어 앉았던지라 어떤 이야기는 아직도 생생하게 기억한다. 그 당시 내가 살고 있던 곳과 관계있는 이야기였기 때문이다. 이 나라에서 서울 다음으로 인구밀도가 높다는 도시.

3

'장기 적출' 커플을 만났을 때 나는 이미 10년 넘게 바로 그 도시, 그러니까 한국에서 두 번째로 인구밀도가 높은 도시에서 살고 있었다. 그것도 한 집에서. 그렇다고 추억이 될 만한 일이 많았던 것도 아니다. 다른 입주 예정자들과 함께 건축업자가 모는 봉고차를 타고 은행 담당자 앞에 가서, 나로서는 한 번도 만져본 적 없는 액수의 대출금이 적힌 서류에 사인을 하고 돌아온 것이 첫 기억이다. 그때 함께 봉고차를 타고 이동했던 사람들이 이룬 가구 중 당시까지 떠나지 않고 남아 있던 가구는 우리 집을 포함해 두 가구뿐이었다. 모두 대출금 이자가 밀려 집을 비워야 했거나 아파트로 이사를 가거나 했다. 나는 매달 대출금 이자를 내면서 돈이 모아질 때마다 조금씩 원금을 갚았다.

4

그리고 만 10년이 지난 뒤에 대출을 갱신해야 하니 신분증과 도장을 들고 찾아와달라는 연락을 받고 은행을 다시 찾았다. 아직 갚지 못한 원금을 20년 분할로 이번엔 원금과 이자를 함께 납부하게 됐다.

20년이라기에, 나는 직원에게 농담이랍시고 "그때까지 집이 남아 있을까요?" 하고 물었다. 대출계 직원은 쓴웃음을 짓더니 집을 팔게 되면 대출건도 넘겨줄 수 있노라는 공식적인 답변으로 대답을 대신했다. 나는 아마도 그때까지 내가 살아서 끝까지 납부할 수 있을까요, 하고 묻고 싶었는지도 모른다. 정말 그럴 수 있을까?

5

아무려나 우리의 맥베스 부인과 헨리 5세는 그날 바로 그 도시에 대해 이야기를 나누었다. 한국에서 두 번째로 인구밀도가 높은 도시. 누군가에게 대출금과 집을 넘겨주고 훌쩍 떠나버리지 않는 한 내가 20년 동안 악착같이 살아남아서 대출금을 완납해야 하는 도시.

6

"그럼 친구분들하고는 주로 여기 부천에서 만나나보죠?"

맥베스 부인이 물었다. 나는 여전히 그녀를 볼 수 없었다. 다만 목소리만 들을 수 있었을 뿐. 어쩐지 불안하게 들리기도 하고 조금은 답답하게 느껴지기도 하는 그 목소리.

"아니요, 오늘은 친구 녀석 하나가 이쪽에 일이 있다고 해서 여기까지 오게 됐어요. 실은 고등학교 2학년 때까지 여기서 살았어요. 말하자면 고향인 셈이죠. 이사 가고 나선 주로 부평에서 놀아요. 잘 안 오게 되더라고요. 그래서 이렇게 가끔 오게 되면 옛날 생각도 나고 뭐 그러네요."

헨리 5세는 예의 그 풍부한 표정을 십분 활용해가며 조리 있게 설명했다. 그의 표정은 일부러 드러내려고 애쓰지 않아 마치 피부처럼 자연스러워 보이는 자신감으로 가득했다. 마주 앉은 여자의 표정 변화까지 담아내는 걸 보면, 그는 정말 헨리 5세를 꿈꾸는 연극학도인지도 모른다.

"저는 초등학교 때 이사 가서 잘 모르겠어요. 아, 저도 여기가 고향이거든요. 지금은 화곡동에 살아요. 어릴 때 친구들이 아직 여기 살고 있어서 가끔 와요 저도. 그런데 전 뭐 별로 기억나는 게 없네요."

맥베스 부인의 목소리는 피아노의 미와 파 음을 반복적으로 치는 듯한 소리였다. 중간에 검은 건반이 없어 화음을 이루지 못하는 두 음. 표정도 아마 그 두 가지 음 사이를 왔다 갔다 할 것이 분명했다. 어쨌든 마주 앉은 남자의 표정을 얼어버리게 만들 만큼 다양한 표정을 짓고 있는 건 아니었으니까. 헨리 5세의 표정이 그걸 말해주고 있었다.

"아, 그럼 우린 고향이 같네요? 고향이라고 하니까 좀 어색하긴 하지만요."

"그러게요, 어색하네요."

안타깝게도 맥베스 부인은 단 한 번도 대화를 주도하지 못했다. 헨리 5세처럼 '우리'라는 표현을 자연스럽게 끌어내는 건 기대할 수조차 없었달까. 헨리 5세의 연주에 어색한 화음을 넣는 것이 고작이었다. 헨리 5세 또한 햄릿처럼 누군가 자신을 마음대로 연주하는 걸 참지 못하는 타입일까? 나는 맥베스 부인이 멋지게 대화를 주도하며 헨리 5세를 마음껏 연주하는 모습을 보고 싶었다. 헨리 5세의 표정이 어떻게 변할지 그게 궁금했다. 하지만 그건 헛된 바람이었다.

"전 부천 하면 아직도 기억나는 게 초등학생 살인 사건이에요. 중학교 3학년 때였나, 뭐 그 무렵이었는데, 그때 애들 사이에 괴담이 엄청나게 퍼졌거든요. 범인 잡힌 게 2년인가 3년쯤 뒤여서 정말 오래갔죠 그 괴담."

헨리 5세가 다시 연주를 시작했다.

"저도, 그 사건, 기억해요. 그때는 이미 이사 가고 난 뒤였는데, 엄마가 한동안 그 얘기만 했었어요. 덕분에 친구들하고 늦게까지 놀지도 못했죠. 엄마가 계속 전화하고……"

"아, 그땐 부천에 안 사실 때였군요. 끔찍했어요. 사건보다 괴담들이 더 끔찍했죠. 전 한동안 악몽도 꾸고 그랬으니까요."

"악몽을……요?"

"예, 누군가에게 잡혀가는 꿈이오. 장기 적출에 토막 나고…… 이런, 죄송해요. 오늘 이상하게 자꾸 대화가 그쪽으로만 가네요."

"그럼, 아까 장기 적출 얘기한 것도……"

"그 생각 때문에 저도 모르게 튀어나왔나 봐요. 부천에 오면 꼭 이런다니까요. 좋은 기억도 많을 텐데 말이죠."

"그러니까요. 좋은 기억도 많을 텐데……"

7

좋은 기억이라. 글쎄, 전에 살던 집이 경매로 넘어가고 어렵게 부천으로 이사 간 지 두 달 만에 어머니가 큰 수술을 받게 되었고 수술 다음 날 몸 왼쪽이 마비되었다. 간병을 하느라 병원에서 생활하다가 2주 만에 몸살이 나서 아버지와 교대를 하고 집에 왔을 때가 기억난다.

집에 오자마자 쓰러져 잠들고는 아침에 무거운 몸을 겨우 일으켜 거실로 나왔을 때 나는 멍해졌다. 복도식으로 길게 이어진 거실 바닥에 하얗게 먼지가 쌓여 있었던 것이다. 유난히 깔끔을 떠는 성격이라 테이프로 먼지를 찍어내는 게 특기인 아버지가 집에서 지내고 있었기에 나로서는 전혀 예상치 못한 광경이었다.

가만히 살펴보니 현관에서 안방 그리고 주방까지 이어진 바닥만, 그것도 발자국이 찍힌 곳만 빼고는 모두 하얗게 먼지가 쌓여 있었다. 심벨린의 발바닥 같은 아버지의 발바닥이 그대로 찍힌 자국. 물음표 같기도 하고 느낌표 같기도 한 그 발자국은 마치 이렇게 묻고 있는 듯했다.

"왜 이렇게 된 거야, 대체?"

8

나는 그 자리에 가만히 주저앉아 시선을 최대한 낮게 한 뒤 거실 전체에 켜켜이 쌓인 먼지층을 오랫동안 바라보았다.

그건 마치 먼지로 이루어진 카펫 같았다. 왠지 모르게 그 먼지 카펫 위에 눕고 싶은 충동이 일었다.

문득 오래전에 꾸었던 꿈이 생각났다. 방 안에 앉아 있는 내 앞에 달걀귀신같이 하얗고 동그랗게 생긴 정체불명의 생명체가 나타나다니 어느새 두 개가 되고 네 개가 되고 열여섯 개가 되고 그렇게 끊임없이 숫자가 늘어나서는 나를 하얗게 파묻어버린 꿈이었다. 거실을 온통 뒤덮어버린 하얀 먼지가 그때 꿈속에 나타났던 그 정체불명의 흰색 생명체 같았다. 일정한 두께로 쌓인 먼지는 밤새 내려 쌓인 눈보다 더 아름다웠다. 내가 살았고 여행했던 어떤 도시도 내게 주지 못한, 특별한 기억이다. 하얗게 쌓인 먼지.

9

살인 사건이 누군가의 공동의 기억이라면, 먼지의 새로운 발견은 개인적인 기억이다. 카페의 젊은 친구들은 공동의 기억을 통해 비로소 '처음'을 찾았다. 시작의 '장기 적출'과 처음의 '장기 적출'은 그 의미가 다르다. 말하자면 시작을 규정하는 경계 조건에 대한 처음의 초기 조건을 찾은 셈이니까.

10

"시작은 미약하나 그 끝은 창대하리라"는 성경 구절은 그 자체로는 아무런 의미가 없다. 시작이 미약한데 그 끝이 어떻게 창대할 수 있단 말인가. 시작이 끝에 '어떠한' 영향을 끼쳐 결국 '어떠한' 결과를 낳을 것이라고 장담할 수 있는 조건이 아무것도 없잖은가. 이 말은 "시작은 미약했으나 '처음(초기 조건)'과 '마지막(또 다른 초기 조건을 낳을 수 있는 결과)'의 연쇄반응에 의해 그 끝은 창대하리라"고 고쳐 말해야 한다.

처음을 위한 깜빡과 마지막을 위한 깜빡

1

『생명이란 무엇인가』는 에르빈 슈뢰딩거가 1943년 더블린의 트리니티 칼리지에서 대중을 상대로 강연한 내용을 다음 해에 책으로 묶은 것이다. 오스트리아에서 나치를 피해 영국으로 이주한 이 양자역학의 스타 물리학자는 오랜 침묵 끝에 생명을 화두로 들고 나왔다. 그건 아마도 '슈뢰딩거의 고양이 역설' 이후 양자역학에서 손을 뗀 듯한 제스처를 취했던 그가 마지막으로 기댄 언덕이었으리라. 양자 얽힘 현상에 따라 고양이는 살아 있는 상태와 죽은 상태를 동시에 보이는 양자 접합을 띠어야 한다는 역설과 마주한 뒤 그는, 생명은 다른 질서 체계를 이루고 있을 것이라는 성찰에 잠겨들었던 것이다.

2

하여 슈뢰딩거는 『생명이란 무엇인가』를 통해 생명의 '처음'과 '마지막'에 대해 규정하고자 했다. 그 '처음'은 무질서에서 얻어진 질서이고, '마지막'은 질서에서 얻어지는 또 다른 질서다. 무질서에서 얻어진 질서, 즉 생명의 초기 조건을 설명하는 용어는 그가 유기체의 결정結晶으로 예측한 '비주기적 결정aperiodic crystal'이고, 질서에서 얻어지는 또 다른 질서를 설명하는 용어는, 열역학적으로 비평형 상태, 즉 열역학적으로 열린 계system에서 엔트로피 평형 상태(죽음)를 피하기 위해 끊임없이 질서(다른 생명)를 섭취하며 생명을 유지하는 상태인 '음의 엔트로피'이다. 이 용어들이 훗날 크릭과 왓슨을 자극해 DNA의 구조를 밝힐 수 있도록 했으며, 분자생물학의 세계를 열어주었고, 더 나아가 복잡계 열역학으로까지 이어졌다.

3

비주기적 결정의 상관물은 물론 유전자다. 『이중나선』(궁리, 2006)에서 왓슨은 유전자가, A(아데닌), G(구아닌), C(시토신), T(티민) 네 개의 염기가 세 개씩 쌍을 이루며 늘어선 두 개의 문자열이 서로 방향을 달리하며(하나는 위에서 아래로, 나머지 하나는 아래에서 위로) 이중의 나선 구조로 연결되어 있음을 밝혔다. 물론 이 발견은 A와 T의 양이 같고, C와 G의 양이 같다는 샤가프Chargaff의 정리를 비롯해 여러 과학자들의 발견에 자신들의 번뜩이는 아이디어를 결합한 것에 지나지 않는다. 더구나 로절린드 프랭클린Rosalind Franklin이라는 유대계 여성 과학자의 성과를 허락도 없이 '도용'하지 않았다면 이룰 수 없는 발견이었다.

4

『이중나선』은, 철없는 20대의 왓슨과 30대 초반의 크릭은 물론 모리스 윌킨스, 페르디난트 페루츠 등이 로절린드 프랭클린을 사납기 그지없으며 히스테릭한 반응으로 일관했던 대책 없는 속류 페미니스트로 규정하면서 자신들의 과오가 정당방위였노라는 변명을 늘어놓은 책이다. 이 책에는 1962년 노벨상 수상식장에서 네 명의 '남성' 과학자들이 그해 노벨문학상 수상자인 존 스타인벡과 멋진 슈트 차림으로 파안대소하며 담소를 나누는 사진이 실려 있는데, 로절린드 프랭클린은 이미 4년 전인 1958년 X-선 회절법을 연구하느라 방사선을 너무 많이 쪼인 탓인지 서른일곱 살의 젊은 나이에 암으로 삶을 마감했다.

5

안타깝게도 『이중나선』은 그 명성과 중요성에 값할 만한 성찰까지는 보여주지 못한 책이다. 나는 이 책을 읽으며 『베니스의 상인』을 떠올렸다. 샤일록을 불협화음으로 규정하고 그의 재산을 뺏은 베니스의 공범자들처럼, 네 명의 공범자들은 로절린드 프랭클린이라는 여성 과학자를 불협화음으로 규정하고 그녀의 재산을 빼앗아 명성을 얻었다. 물론 그들의 성과를 무시할 수는 없지만, 그래도 이런 식으로 번뜩이는 머리가 엉덩이를 능멸하며 승리하는 이야기는 어쩐지 역겹다.

6

왓슨이 『이중나선』에서 유일하게 드러내 보인 성찰은 유전자의 결합 구조가 곧 그 기능을 말해준다는 주장뿐이다. 하지만 이것만으로는 부족하다. '비주기적 결정'이 '상보적 결합'을 통해 복제를 이룬다는 의미는 어떤 분자도 자신을 복제하지는 않는다는 성찰로 이어졌어야 하지 않을까. 가령 A(아데닌)와 T(티민)의 숫자가 같고, C(시토신)와 G(구아닌)의 숫자가 같다는 샤가프의 정리는 A는 T하고만 결합하고, C는 G하고만 결합한다는 의미일 테니 말이다. 이는 또 A, T, C, G의 염기들을 염주알처럼 거느린 한쪽 줄이 나머지 줄과 분리되었다가 다시 복제가 이루어지는 과정에서 A는 자신인 A를 복제하는 것이 아니라, 자신 안에 각인된 자신의 쌍인 T를 스스로를 주형틀 삼아 복제한다는 의미이기도 하다. 상대 줄에서도 물론 같은 현상이 벌어진다. T가 자신을 주형틀 삼아 자신에게 각인된 A를 복제하는 것.

말하자면 생명의 단위체계에서 벌어지는 자기복제란 실은 자신을 복제하는 것이 아니라 자신의 쌍을 복제함으로써 자기조직화를 이루는 것이다. 그러니 생명의 질서는 당연히 '나는 나다'라는 동일률이 아니라 '나는 너다'라는 모순율에 기반을 둔 것이라고 말할 수 있을 터. 이것이 비선형이 아닌 선형 결합을 통해(DNA-RNA-단백질-세포)서도 생명이 다양성의 불꽃놀이를 이룰 수 있는 비결이 아니었을까.

7

우리의 공동의 기억이라는 유전자는 우리 각자의 기억을 재생하고 복제함으로써 얻어지는 것이 아니라, 우리 각자에게 새겨진 서로의 기억을 재생하고 복제함으로써 얻어진다는 성찰이 기반이 되지 않는다면, '우리'라는 말은 공허한 구호에 그칠 것이 분명하다.

8

하지만 유전자가, 우리가 생각하는 것만큼 그렇게 중요한 건 아닌지도 모른다. 문제는 유전 정보가 표현되는 방식이거나 유전 정보로 모이기까지의 과정일지도 모르니까. 가령 스스로 유전형이면서 동시에 표현형이기도 한 RNA의 발견은, 유전자나 단백질보다 스스로가 촉매 역할을 하는 분자나 세포의 형성에 더 주목하게 만든다. 생명과는 관계없는 공간에서도 얼마든지 유기물질이 발생할 수 있으며 심지어는 단백질 합성까지 이루어진다는 주장에 이르면 더 말할 것도 없다(스튜어트 카우프먼 같은 복잡계 학자는 유전자를 생명 진화의 필요조건으로도 충분조건으로도 보지 않는다. 그는 심지어 유전자가 없었어도 생명 진화는 이루어졌을 것이라고 주장하기도 한다).

9

생명의 비밀은 어쩌면 유전자보다 분자들이 언제 무엇 때문에 그리고 어떤 방법으로 스스로 촉매가 되기를 자처했느냐에 있을지 모른다. 언제 무엇 때문에 분자들이 서로를 의식하기 시작했으며, 서로의 신호를 감지하고 거기에 맞춰 각자의 역할을 설정하게 되었는지, 그 감수성은 과연 어떤 자극에 대한 반응이었으며, 어떤 것에 눈뜬 것이었는지.

10

스스로가 어떤 질서를 이루는 촉매이면서 그 질서의 한 부분이고 동시에 보다 높은 수준의 질서로 향해 가는 촉매가 되는 반응의 끝없는 연쇄. 그 연쇄의 특정 시점에 이루어진 결과가 유전자라면 유전자는 감수성이 질서화한 것이리라. 생명이 단지 유전자에 프로그래밍된 대로 이루어지는 현상이라면 당연히 그 프로그램은 누가 만들었는지를 물어야 한다. 그리고 그 목적이 무엇인지도 물어야 한다. 하지만 이런 물음은 하나같이 모든 사람은 죽는다, 라는 명제처럼 공허하다.

11

물론 유전자의 이기적인 성향을 강조하는 것도 별 의미는 없어 보인다. 유전자가 자신의 유전 정보를 표현해내는 데는 수많은 숫자의 염기서열과 정보의 전령 역할을 하는 효소들 그리고 단백질의 무수한 아미노산 결합에 관여하는 인자들에 이르기까지, 실로 다양한 협력 상대가 필요한데다, 그 협력에는 정확한 순서까지 정해져야 한다. 이런 지난한 과정을 참아내는 존재를 이기적이라고 부르는 건 아무래도 좀 어색하다. 차라리 오직 자신이 살아남는 것 말고는 다른 것에는 아무런 관심도 없는 암세포를 이기적이라고 부르는 편이 더 어울려 보인다. 암세포는 복잡하고 지난한 협력 과정에는 관심이 없으니까. 감수성이라곤 찾아볼 수 없는 증식 기계.

12

생명이란 어쩌면 감수성의 진화 과정인지도 모른다. 열역학적으로 고립된 계에서처럼 에너지의 손실도 없고 당연히 삶도 죽음도 없는 채로 의미 없는 주기를 반복하는 상태에서, 어떤 분자가 '처음'과 '마지막'에 눈뜨면서 시작된 감수성의 연쇄 반응. 마치 전구에 불이 켜지듯 주위를 환하게 밝히면서 시작되었을 균열. 그 분자는 아마도 자신이 '처음'인 동시에 '마지막'이라는 의미로 깜빡깜빡하고 시그널을 울렸으리라.

깜빡깜빡. 첫 번째 깜빡은 '처음'을, 두 번째 깜빡은 '마지막'을 나타내면서, 마침내는 생명의 복잡한 신호 체계로 이어지게 될, 하여 무수한 잡음 속에서 신호들의 집합을 이루게 될 바로 그 시그널, 깜빡깜빡.

'밖'이 '안'이 되고, '안'이 '밖'이 되는
—『리어 왕』

1

어떤 감수성은 봄날의 꽃처럼 향기를 피우지만, 어떤 감수성은 복날의 손님처럼 불편함만 초래한다.『리어 왕』의 두 주인공 리어와 막내딸 코딜리어가 보여주는 감수성은 후자에 해당한다.

2

브리튼의 왕 리어가 여든이 다 되어 왕좌에서 물러날 결심을 하고, 세 딸에게 영토와 지배권을 물려주면서 자신을 얼마나 사랑하는지 묻는다. 가장 총애했던 막내딸 코딜리어의 냉정한 대답에 분노한 리어는 두 딸에게 코딜리어 몫까지 넘겨주고 그들에게 의탁하고자 한다. 그 과정에서 리어에게 직언한 대가로 추방당한 충신 켄트 백작은 카이어스로 변장하고 리어를 가까이에서 지킨다. 하지만 리어는 큰딸 고너릴과 올버니 공작 부부에게 쫓겨나고 마침내는 둘째딸 리건과 콘월 백작 부부에게까지 내쫓기고 만다.

한편 업둥이 에드먼드의 계략에 속아 친아들 에드거를 아버지를 배신한 패륜아로 오해한 글로스터 백작은 리건과 콘월 백작 부부에게 눈알이 뽑힌 채로 내쫓겨서는, 아버지를 피해 광인 행세를 하며 도망 다니던 에드거와 해후한다. 모략가 에드먼드는 아버지의 자리를 차지하고 고너릴과 리건 패에게 붙는다. 위기에 처한 리어 왕을 구하기 위해, 켄트 백작이 프랑스의 왕비가 된 코딜리어에게 달려가 거병하도록 하지만, 안타깝게도 전투 끝에 코딜리어와 리어 모두 잡히고 만다. 에드먼드와 함께 프랑스와 맞서 싸운 올버니 공작은 에드거가 전한 편지를 통해, 자신의 부인인 고너릴과 이미 과부가 돼버린 리건이 에드먼드를 놓고 연적이 된 것을 알고 분노한다.

결국 에드먼드는 에드거에게 죽고 고너릴과 리건은 서로를 죽인다. 그리고 에드먼드가 미리 보낸 자객에게 코딜리어가 죽자 그녀의 시신을 안고 울부짖던 리어도 숨을 거두고 만다.

3

팔순 노인이 된 왕이 세 딸에게 영토와 권력을 나누어주고 권좌에서 물러나 조용히 쉴 작정이었다면, 3등분해서 나누어주고 깨끗이 물러나면 그뿐이다. 굳이 그 대가로 자신을 얼마나 사랑하는지 말해보라고 강요할 필요는 없다. 리어 왕이 이런 억지 쇼를 벌인 이유는 자신이 유독 아끼고 사랑했던 막내딸 코딜리어가 자신을 얼마나 사랑하는지 확인하고 싶어서였다. 첫째딸과 둘째딸에게 온갖 아양 섞인 대답을 들을 때도 그는 아마 셋째딸의 표정을 살폈을 것이다. 게다가 이미 대답을 듣고 3분의 1씩 두 딸에게 나누어주었으니 남은 건 3분의 1뿐이다. 뭐라고 대답하는지에 따라 셋째의 몫이 커질 리도 없다.

말하자면 코딜리어의 대답을 들을 때까지만 해도 이건 그저 요식 행위에 불과했던 것이다. 권좌에서 물러나기 전에 세 딸들 앞에서 마지막으로 해보는 아버지 역할이자 놀이 같은 것이었으리라. 하지만 리어 왕이 간과한 사실이 있다. 그는 세 딸들에게 왕이 아닌 아버지였던 적이 한 번도 없었다는 사실.

4

고너릴은 첫 번째로 답하면서 사랑이라는 말이 표현할 수 있는 것보다 더 사랑한다고 말한다. "언어를 빈약하게 만들고, 말을 불가능하게 만드는"[29] 사랑이란다. 사랑이라는 말

---

29 윌리엄 셰익스피어, 『리어 왕』, 최종철 옮김, 민음사, 2005.

을 경쟁 상대로 정한 것이다. 두 번째로 답한 리건은 거기에 더해 감각할 수 있는 것보다 더 사랑한다고 말한다. "가장 소중한 감각의 광장이 누리는 온갖 다른 기쁨을 적이라 선포하고, 오로지 소중한 폐하의 사랑 속에서만 행복을 느끼는 것"[30]이 자신의 사랑이란다. 말하자면 말은 물론 감수성까지 경쟁 상대로 정한 것이다. 문제는 세 번째로 답해야 하는 코딜리어다.

5

하지만 코딜리어로서는 달리 할 말이 없다. 무슨 말을 하겠는가. 당신을 왕으로서도 경애할 뿐만 아니라 아버지로서도 존경하고 사랑한다고? 게다가 두 언니가 이미 과도한 사랑을 표현한 뒤다. 하지만 둘 다 모범 답안은 아니다. 모범 답안은 이런 것이다.

'권력도 영토도 필요 없으니 권좌에서 물러날 생각 마시고 왕의 자리를 지켜달라.'

그런데 아무도 이런 모범 답안을 제시하지 않는다. 심지어 코딜리어까지도.

---

30 같은 책.

6

코딜리어는 자신의 사랑을 달리 뭐라고 표현할 길이 없으며, 자신은 딸로서 당연히 아버지를 사랑할 뿐 그 이상도 이하도 아니라고 말한다. 거기에 덧붙여 자신이 한 남자의 아내가 된다면 그 사랑은 당연히 남편에게도 나누어질 것이라고 못 박는다. 이건 모범 답안과는 거리가 멀어도 한참 먼 대답이다. 그뿐 아니라, 뭔가 가시가 돋쳐 있다.

7

속에 없는 말을 한 것은 코딜리어도 두 언니와 다르지 않다. 하지만 코딜리어의 대답에는 두 언니들의 대답과는 분명히 다른 점이 있다. 가시가 돋쳤으니까. 그 가시는 균열을 감지한 자가 내보이는 감수성이다. 그리고 그 감수성은 아버지이자 왕인 리어의 감수성을 자극한다. 비극이 시작되는 신호처럼 그것은, 잡음 속에서, 자신들의 분명한 시그널을, 주고받는다. 깜빡깜빡, 깜빡깜빡.

8

깜빡, 안에서 한 번, 깜빡, 밖에서 한 번.

안과 밖을 구분할 줄 안다는 것이 생명을 부여받은 존재들의 특징이 아닐까. 안과 밖은 외피로 나뉘기도 하지만 세포처럼 막膜으로 나뉘기도 한다. 그 반투과성 막을 통해 양쪽에 다양한 에너지 차이(농도의 차이, 전하량의 차이 등등)를 만들고 그 낙차를 통해 생명을 유지하는 데 필요한 동력을 얻는다는 것이 생물학자들의 설명이다.

9

반투과성으로만 안과 밖을 구분하는 것은 아니다. 가령 세포 안에서 밖으로 특정 단백질을 운반해야 할 경우 세포는 pH 농도 차이를 이용해 막을 움푹 들어가게 한 뒤 다시 오므려 세포 안에 또 다른 세포 모양을 만든다(풍선 안의 작은 풍선처럼). 이걸 소포체小胞體라고 하는데 세포 안의 단백질이 소포체로 들어가면 소포체는 세포의 다른 쪽 막으로 이동해, 움푹 파일 때와는 반대 과정을 거쳐 원래의 세포막으로 돌아가면서 단백질을 세포 밖으로 내보낸다. 말하자면 위상학적으로 '내부의 내부는 외부'라는 전략을 구사해, 단백질을 내보낼 때마다 세포막을 파열해야 하는 데 따르는 위험을 피하는 것이다. 세포막을 뚫고 들어가기 전에는 '밖'이었던 부분이 세포 안으로 들어가 막을 닫고 공 모양의 소포체를 이루고 나면 '안'이 되고, 다시 밖으로 나올 때는 '밖'이 되는 전략으로.

10

아마도 감수성은 그렇게 안과 밖을 구분하는 감지 능력을 통해 발달하지 않았을까. 마음도 동력을 얻기 위해서는 반투과성 막을 통해 농도 차이(혹은 기울기)를 만들어야 하는지도 모른다. 물론 단지 안과 밖을 구분하는 것으로 끝나지 않을 때도 있다. 가끔은 소포체처럼 마음 안에 또 다른 구획을 만들어야만 할 때도 있으리라. 마음을 표현할 때마다 마음의 막을 직접 열고 닫을 경우 초래될지도 모르는 위험을 피하기 위해, 마음의 막을 움푹 오므려 또 다른 마음을 만들고, 그렇게 '밖'이 '안'이 되고 '안'이 '밖'이 되는 위상학적 전략을 구사해서 무언가를 전달해야 할 때.

감수성이 균열을 감지할 때

1

엄밀히 말하면 리어 왕은 자신을 얼마나 사랑하느냐를 두고 딸들을 경쟁시키지 않았다. 어쨌든 자신을 얼마나 사랑하느냐에 따라 딸들의 몫을 정해준 건 아니니까. 그러기는커녕 권력과 영토를 미리 3등분해놓고 각자의 몫으로 나누어주기 전에 딸들에게 간단한 립서비스를 원했을 뿐이다. 두 딸의 입발림 소리를 듣고 그들 몫을 나누어주고도 막내딸 몫으로 '언니들보다 부유한 3분의 1'이 남았다고 말하는 것만 봐도 알 수 있다. 그는 마치 권좌에서 물러나기로 결심한 고령의 왕으로서 또는 아버지로서 딸들을 위해 마지막 이벤트를 벌이고 있는 것처럼 보인다.

2

코딜리어가 그걸 몰랐을까? 그럴 가능성은 적다. 아버지인 리어 왕이 가장 총애한 딸이라면 아버지를 가장 잘 따랐을 테고, 자연스럽게 아버지가 어떤 인물인지 누구보다 잘 알았을 테니까. 그렇다면 코딜리어는 아버지의 의도를 잘 알면서도 일부러 엇나간 대답을 한 셈이다. 아버지의 처사가 부당하다고 여겼기 때문일까? 그럴 만한 이유도 없다. 최소한 막내라고 맨 뒤에 발언하는 바람에 설거지만 하게 되진 않았으니까. 아버지의 의도를 너무나도 잘 알았기에, 그저 입발림 소리만 늘어놓으며 제 욕심을 챙기는 데만 급급한 언니들이 미웠던 것일까, 아니면 언니들과는 뭔가 다른 답변을 하고 싶었던 것일까? 그렇다면 세상 어디서든 통용될 법한 모범 답안을 제시했어야 했다.

"물러나시다니요. 거두어주소서."

대신 그녀는 정말이지 멋대가리 없는 대답을 하고 말았다. 세상 어디서든 욕먹을 게 뻔한 대답을. 그리고 프랑스로 떠나면서 두 언니들에게, 언니들의 속셈을 모르는 건 아니지만 부디 아버지를 잘 돌봐달라고 부탁한다. 언니들이 그 말을 조롱하자, 이번엔 시간이 그 흉악한 계략을 드러낼 것이라고 말한다. 무슨 말인가?

3

수상쩍어 보이는 건 코딜리어만이 아니다. 리어 왕이 코딜리어와 연을 끊고 나머지 두 딸에게 그녀의 몫까지 넘겨주자, 켄트 백작은 왕에게 거의 막말을 해가며 저항하다 쫓겨나고 만다. 결국 리어 왕이 코딜리어와 켄트를 물리친 것에 자극을 받아 고너릴과 리건이 노망 든 아버지를 제거할 계획을 세우게 되고, 그 계략을 실현하는 과정에서 한몫 잡기 위해 끼어든 에드먼드로 인해 비극은 더욱 깊어지게 된다. 그리고 마지막에 켄트 백작은 올버니의 권유를 뿌리치고 이미 죽고 없는 왕을 쫓아가겠노라며 표연히 떠난다.

4

아마도 리어 왕은 여든이라는 나이가 버거웠을 것이다. 두 딸과 사위들 그리고 막내딸을 생각하니 왕국의 미래가 더더욱 걱정되었으리라. 고민에 고민을 거듭한 끝에 그가 짜낸 전략은 이렇다.

왕국을 셋으로 나누어 전략적으로 가장 요충지에 해당하는 땅을 코딜리어에게 물려준 뒤 자신은 1백 명의 수행원을 거느리고 그 땅에 머문다. 고너릴과 리건은 서로 더 많은 땅을 차지하려고 싸울 것이 분명하고, 어쩌면 서로 연합하여 코딜리어 몫의 땅마저 차지하려 들지도 모른다. 만일 코딜리어의 남편이 프랑스 왕으로 정해진다면 프랑스를 끌어들여 두 딸을 제거할 수 있다. 자신이 죽는다 해도 왕국의 미래는 안정적으로 유지될 것이다. 오랫동안 갈등을 빚었던 프랑스와의 관계도 자연스럽게 해결된다. 충신인 켄트 백작이 코딜리어를 도울 것이다.

5

그런데 코딜리어가 어깃장을 놓고 말았다. 켄트는 중간에서 파국을 막아보려고 발버둥 쳤지만 리어 왕의 분노를 가라앉히기에는 역부족이었다. 결국 두 사람은 죽고 켄트는 그들을 따라간다.

문제는 세 사람 사이에 어느 정도까지 교감이 이루어졌느냐다. 만일 충분한 교감이 이루어졌다면 코딜리어는 아버지와 한 패가 되어 두 언니를 제거한다는 것이 끝내 내키지 않아 마지막 순간까지 주저하다가 어깃장을 놓은 것이리라. 리어 왕은 두 언니를 걱정하는 코딜리어가 못마땅해서라기보다, 한 왕국을 책임질 자로서 결단을 내려야 할 때 과감히 결단을 내리지 못하는 코딜리어가 못마땅했을 것이다.

6

불균형과 그로 인한 균열을 감지한 자로서 새로운 균형을 찾고자 했던 리어 왕은, 그 새로운 균형의 중심에 서기를 거부한 코딜리어와 부딪힌 셈이다. 그들은 둘 다 진실에 상처를 입었다. 서로가 서로에게 제시한 서로 다른 진실. 그 불편한 진실에.

7

"이따금 진실도 사람을 다치게 하죠. 하지만 거짓에 다친 상처보다 빨리 아물 겁니다."
- 「특수사건전담반 TEN」 시리즈 2,
  제7화 우음도 살인 사건 중 형사의 말.

과연 그럴까. 리어 왕과 코딜리어가 진실에 다친 경우라면, 글로스터 백작과 그의 아들 에드거는 거짓에 다친 경우다. 자신의 업둥이 아들 에드먼드의 계략에 속아 친아들 에드거가 자신을 죽이려 한다고 오해한 글로스터는 리어 왕의 둘째딸 부부인 리건과 콘월에게 눈알을 뽑히고 폭풍 속을 헤매다, 광인 행세를 하며 도망 다니던 에드거와 해후한다. 에드거와 달리 글로스터는 끝까지 에드거를 알아보지 못하지만 그래도 그들은 살아남았다. 반면 리어 왕과 코딜리어는 비참한 죽음을 맞는다.

진실에 다친 마음이라고 해서 빨리 아무는 것은 아니다. 오히려 진실에 다친 마음은 거짓에 다친 마음과 달리 돌아가 의탁할 곳이 없다. 진실에 등을 돌려야 하니까.

8

글로스터와 에드거에게는 에드먼드라는 핑계가 있지만, 리어 왕과 코딜리어에게는 아무것도 없다. 그들 사이에는, 진실을 알고 싶다는 명분으로 상대 마음의 막을 아무런 보호 장치 없이 열어젖히려 한 자와 그에 맞서 '안'을 '밖'으로 '밖'을 '안'으로 바꾸어 대적한 자가 느끼는 불편함만 남았을 뿐이다. 그것은 진실에 대한 불편함이다.

9

「우음도 살인 사건」에서 형사는 살인 사건 피해자인 여성의 살해범으로 남편을 지목하는데, 그 순간 남자가 "내가 왜 아내를 죽입니까" 하고 소리를 지르자, 이렇게 말한다.

"불편하니까. 당신이 어떤 인간인지 알게 되었으니까."

만일 진실이 사람을 다치게 한다면, 그건 진실을 불편해한 것에 대한 진실의 복수일 것이다.

나처럼은 살지 않겠다

1

아버지는 집에 켜켜이 쌓여가는 먼지를 쓸어내지 않았다. 아침에 일어나 밥을 해먹고 말쑥한 양복 차림으로 가게에 나가고 저녁이면 병원에 들렀다가 다시 돌아가 양말을 빨고 와이셔츠를 다렸을 텐데, 그동안 거실에 쌓이는 먼지는 거들떠보지도 않은 셈이다. 나였다면 충분히 이해할 수 있는 일이지만, 아버지가 그랬다니, 스무 살 무렵 어머니와의 연애 시절 이야기를 적은 아버지의 일기장을 우연히 봤을 때만큼이나 혼란스러웠다. 상실감이나 좌절, 혹은 무력감을 표현하는 당신만의 방식인지, 아니면 스스로에게 고통을 주려는, 이를테면 자기 형벌인지 알 수 없었다. 저녁에 병원에 들를 때 보면 언제나처럼 말쑥한 차림이었던지라 나로서는 전혀 예상치 못한 일이었다. 하긴 허름한 옷차림으로 집밖에 나서는 일을 죽기보다 싫어하는 양반이니까.

2

아버지가 돌아가고 나면 병실의 환자들이며 보호자들이 호기심 가득한 표정으로 묻곤 했다.

"누구요?"

"아버지요."

"멋쟁이시네. 아들이랑은 완전히 다른데."

"그래요?"

병원 간이침대에서 하룻밤을 보내고 나면 아버지는 몇 년은 더 늙어 보여 내 쪽에서 되도록 집에 갈 일을 줄이곤 했다. 아버지와 교대하고 나면 이번엔 모두들 딱하다는 표정으로 체머리를 흔들곤 했다.

"영 불편하신 모양이더라구. 한숨도 못 주무시는 거 같던데."

"그래요?"

3

불편한 걸 좀처럼 참지 못하는 아버지가 자기 형벌로 삼은 방법이, 거실에 먼지가 쌓이도록 놔두는 것이었다. 방문 밖을 먼지구덩이로 만들어놓은 채 아버지는 매일 밤을 폭풍이 이는 밤으로 삼았을 게 분명했다. 자기 형벌이라는 말이 과하다면 자책이라고 해도 좋다. 어쨌든 아버지에겐 자기만의 폭풍이 필요했다. 켜켜이 쌓인 먼지는 지난밤 휘몰아친 폭풍의 흔적인 셈이었다. 하지만 내겐 그 먼지들이 마치 흰색 곰팡이가 스멀스멀 피어오른 것처럼 보였다. 왜냐하면 내게 먼지는, 몸 안에 쌓이는 것이었으니까. 그게 아버지와 나의 차이였다.

4

리어 왕에게는 폭풍이 필요했다. 자신의 흰 수염과 흰 머리가 사자의 갈기처럼 휘날리도록 해줄 폭풍. 그건 말하자면 자연이 부여하는 위엄 같은 것이다. 비록 왕좌에서 쫓겨나 허름한 옷차림으로 헛간에서 지친 몸을 뉘어야 하는 처지가 되었지만, 무대에서 그의 모습은 어떤 관객이 보더라도 의심할 바 없는 왕의 모습이어야 한다. 몸과 마음이 망가졌더라도 폭풍에 의연히 맞서는 것처럼 보여야 하는 것이다. 눈까지 멀어버린 글로스터가 필요로 한 것이 한 번에 몸을 날려 삶을 끝장내버릴 벼랑인 것과는 대조적이다. 에드거는, 자신을 알아보지 못하고 벼랑 위까지 안내해달라고 청하는 아버지 글로스터를 낮은 둔덕으로 이끈다. 앞을 보지 못하는 글로스터는 벼랑이라고 생각하고 단번에 뛰어내린다.

5

위엄은커녕 마지막 결단마저 조롱거리가 된 듯한 글로스터와 달리 리어 왕은 폭풍마저 자신의 휘하에 두는 것만 같다. 하지만 다시 생각해보면 글로스터는 눈을 빼앗기고 나서 더 이상 휘청거리다 넘어질 일은 없게 되었다. 왜냐하면 더듬 거리다 넘어지는 일이 그에게는 이제 자연스러운 일이 되었 으니까. 다만 그걸 받아들이기까지 그는 어디를 가나 폭풍을 가슴에 품고 다녀야 할 것이다. 몸 밖에서 무슨 일이 벌어지 는지 알 수 없기에, 하여 다른 이들의 시선을 신경 쓴다는 것 이 더 이상 의미 없는 일이 되었기에, 몸 밖은 그저 조용할 뿐 이지만, 대신 몸 안에서는 끊임없이 폭풍이 불 것이다(그는 벼 랑이라고 착각한 낮은 둔덕에서 수도 없이 뛰어내려야 할 것이다).

6

반면 리어 왕은 세상이 두 쪽이 나더라도 글로스터와 같은 존재는 될 수 없다. 멀쩡한 눈을 가지고 업둥이 아들의 계략에 속아 친아들을 의심하고, 눈을 빼앗긴 뒤에는 친아들의 의도된 거짓 안내를 통해 목숨을 부지하는 신세는 리어 왕으로서는 용납할 수 없는, 하여 참을 수 없는 불편함이다.

리어 왕은 두 딸의 계략에 속아 넘어간 것도 아니고 코딜리어 덕분에 목숨을 구한 것도 아니다. 다만 그는 자신이 믿는 진실을 제외한 다른 모든 진실을 불편해했을 뿐이다. 그리고 그 대가로 자기 형벌이 필요했을 뿐이다. 말하자면 안에서 부는 폭풍이 필요했던 글로스터와 달리, 리어 왕에게는 바깥에서 불어오는 폭풍이 필요했던 것이다. 먼지는 결코 그의 몸 안에 쌓일 수 없는 것이었다.

7

먼지인지 흰색 곰팡이인지는 중요하지 않다. 안에서 부는 폭풍이든 밖에서 불어오는 폭풍이든 그 또한 문제될 것이 없다. 문제는 내가 좋아할 수 없는 사람이 내 아버지라는 사실일 뿐이다. 핵심은 그것이다. 나머지는 모두 그 사실을 직시하고 싶지 않아 둘러대는 변명이거나 그 사실에 대한 헛된 정당화일 뿐이다. 어쩌면 이것이야말로 가장 무시무시한 폭풍일지도 모른다.

8

아버지는 내게 반면교사였다. 그런데 생각해보니 나는 그런 아버지에게 '왜?'라고 시작되는 물음을 단 한 번도 입 밖에 내어 물어본 적이 없다. "왜 그러셨나요?"라고 물은 적이 한 번도 없었던 것이다. 이건 중요한 사실이다. 왜냐하면 내가 무언가 중요한 걸 끊임없이 회피하고 있었다는 말이니까.

9

돌이켜보니 이렇다 할 반항 한 번 해보지 않았다. 머리가 큰 뒤에도 이런저런 일로 시끄러운 집안이 지긋지긋해 내 방문을 주먹으로 쾅 치면서 "거지같은 집구석!"이라고 소리친 게 전부였다. 그것도 딱 한 번뿐이었다. 아무런 반향도 얻지 못한 행위였다. 나머지 대부분의 시간은 죽은 듯 조용히 지냈다. 말하자면 무관심으로 일관한 셈이다. 의도적인 무시라고 할 수도 있다. 코딜리어처럼 불균형을 되돌리려고 무언가를 시도한다는 것 자체가 내겐 엄청난 용기를 필요로 하는 일이었는데, 나는 끝내 그런 용기를 내지 못했다. 그러고는 끝내 용기를 내지 못했다는 사실을 인정하고 싶지 않아, 그런 행위가 아무런 의미가 없는 것처럼 굴었다.

10

오히려 아버지에게는 나 같은 유형의 사람이 반면교사일지도 모른다는 생각을 하게 되었다. 그런데 아버지는 내게 너처럼은 살지 않겠다, 고 말할 수 없는 존재다. 어떤 부모도 자식을 향해 너처럼은 살지 않겠노라고 말할 수 없다. 그건 자식들만이 할 수 있는 일종의 특권인 셈이다. 이것도 불균형이라면 불균형이랄 수 있을까.

11

아버지에게도 너처럼은 살지 않겠다고 말할 권리를 부여해야만 균형을 찾을 수 있을 것이다. 그렇다면 아버지를 반면교사로 삼은 나는 아버지의 반면교사가 되니, 코딜리어 식으로 그 불균형을 되돌리려면 내가 반면교사로 삼은 건 아버지가 아니라 나라고 말해야만 한다. 아버지처럼은 살지 않겠다, 가 어느새 나처럼은 살지 않겠다, 가 된 셈이다. 그런데 이게 바로 내가 아버지를 좋아할 수 없는 이유다. 한 바퀴 돌아 제자리로 돌아온 것 같지만 그사이에 더 큰 균열이 생기고 말았다. 균형은 늘 더 세밀하고 더 파괴적인 불균형을 초래하는 법이니까.

'우리'와 '그들'

1

어머니 상태가 어느 정도 호전되었을 무렵, 아니 더 이상 진전이 없다고 판단되어 어머니나 나나 거의 체념했을 무렵, 나는 깊은 우울에 빠져들었다. 내가 더 이상 아무런 쓸모도 없는 존재로 다시 돌아간 것 같았달까. 어느 날 도서관에서 교정지 작업을 하고 돌아오는 길에 내가 끊임없이 혼잣말을 하고 있다는 사실을 깨달았다. 무언가 돌파구가 필요했다.

2

그때부터 영어회화 학원에 1년 정도 다녔다. 지금도 마찬가지지만 당시의 내게 영어회화를 익혀야만 할 필요 같은 게 있었을 리 만무하다. 그냥 다녔다. 기분전환이 필요했다는 게 이유라면 이유랄까. 나를 전혀 알지 못하는 사람들 틈에 섞여서 그것도 외국어로 대화를 나눈다는 게 부담이 되기보다 외려 안심이 될 것 같은 그런 기분. 1년을 꾸준히 다닌 걸 보면 기분전환이 되고도 남았던 모양이다.

3

특별한 목적이 없었으니 실력이 늘 리가 없었다. 그런데도 레벨을 올려주는 게 신기했다. 신기해서 또 다녔다. 다만 레벨이 올라갈수록 말수가 줄어들다 보니 재미는 레벨과 반비례해서 점점 떨어졌다. 뭐 외국이라고 말수 적은 내성적인 사람이 없겠는가, 하고 꿋꿋이 다녔다.

4

그러던 어느 달인가 수강생들의 면모를 보고 이번 달은 꽤 흥미롭겠군, 했던 적이 있다. 늘 보던 얼굴이 절반 이상이어서 상대의 프로필을 거의 외울 정도가 되곤 했는데, 그달은 갑자기 다른 학원에 온 게 아닌가 싶을 정도로 새롭게 물갈이가 되어 있었다. 백발의 노인에서부터 대학 새내기까지 연령대도 다양했고, 퇴직 언론인에서부터 가정주부까지 직업도 다양했으며, 심지어 외국인도 있었다. 이탈리아에서 교환학생으로 왔다던가. 어디 그뿐인가. 말할 때마다 늘 하나님[God]과 기도[pray]를 빼먹지 않던 독실한 기독교 신자도 있었다.

5

평소 같으면 같은 자리에 빙 둘러 앉아 대화를 나누기는 커녕 한 자리에 모이기도 어려운 사람들이었다. 이렇게 되면 자연히 대화는 풍성해진다. 한두 사람이 강사와 주로 얘기를 주고받는 주역을 맡고 나머지는 조연은커녕 대사 한 줄 없는 엑스트라로 나름 '열연'하는 빤한 풍경은 최소한 면할 수 있는 것이다.

6

그런데 정작 흥미로운 배역은 따로 있었다. 나와는 그전에도 몇 개월 같은 클래스를 수강한 적이 있는 여학생이 그달에도 역시 등록을 했는데, 이 여학생의 말버릇 중 하나가 '우리'라는 단어를 남발하는 것이었다. 평소에는 외국인 강사와, 나를 제외하면 연령대도 비슷하고 직업도 거기서 거기인 나머지 수강생들을 구분하는 의미로 받아들이면 뭐 딱히 불편할 것도 없었지만, 최소한 그달에는 상황이 달랐다.

7

나는 그녀가 아무렇지도 않게 '우리'라는 단어를 내뱉을 때마다 강의실 안에 빙 둘러앉은 수강생들의 면면을 훑어보며, 그녀가 말하는 '우리'에 누가 포함되고 누가 제외될 것인지를 머릿속으로 헤아리기에 바빴다. 그러다가 만일 내가 '우리'라고 말한다면 누가 포함될 것인지, 아니면 맞은편에 앉은 저 이탈리아 남성이 '우리'라고 말한다면? 혹은 퇴직 언론인인 저 어르신이 '우리'라고 말한다면? 아니면 저 독실한 기독교 신자라면? 하고 다양한 집합을 묶었다가 풀었다 하면서 교집합과 합집합, 차집합, 공집합까지 그려보느라 정신이 없을 지경이었다. 덕분에 나는 그달 내내 강사에게 수업 태도가 불량한 수강생으로 찍히고 말았다.

8

그때 내게 '우리'라는 단어는 가장 정치적인 단어였다. 왜냐하면 '우리^{us}'에서 빠져나오면 다른 '우리'인 '그들^{them}'이 되는 것이 아니라, 바로 '남'이 되는 것이 우리의 '우리'이기 때문. '우리' 아니면 '남'. 그러니 '우리'의 연대는 더욱 강고해지고, '남'이 되는 건 더더욱 두려운 형벌이 될 수밖에. 배신과 변절의 감수성만 견고해지는, '우리'와 '남'의 정치학.

9

카페에서 만난 '장기 적출' 커플도 '우리'가 되었을까. 궁금하다. 그들이 '우리'가 되었으면 싶다. 하지만 신중해야 한다. 무책임한 발언이 될 수도 있으니까. 말했다시피 같은 자리에 함께 있다고 해서 '우리'가 되는 것도 아닌데다, 아무한테나 '우리'가 되자고 강요할 수도 없는 노릇이니까.

'우리'가 되기 위해선 마법이 필요하다
-『템페스트』

1

우리가 된다는 것은 다른 차원의 공간을 얻는 것이다. 그건 마법의 공간 같은 것인지도 모른다. 마치 『템페스트』의 섬 같은 곳이랄까.

『리어 왕』의 폭풍과는 달리 『템페스트』의 폭풍은 순전히 마법의 힘으로 얻어진 것이다. 자신의 자리를 대신 차지하고 자신과 딸을 바다로 내몬 동생과 일당에게 복수하기 위해 프로스페로가 마법의 힘을 빌려 불러일으킨 폭풍이었다. 어린 딸과 가까스로 살아남아 마침내 주인이 된 자신의 섬으로 그들을 불러들이기 위해.

그런데 그는 무엇 때문에 마법이 필요했던 걸까. 게다가 마법을 가졌으면서 왜 굳이 그들을 자신의 섬으로 불러들여야만 했을까. 자신이 직접 찾아가서 처리해도 되었을 것을.

2

마법 이야기는 로저 펜로즈의 『실체에 이르는 길 1』(승산, 2010)에도 등장한다. 복잡한 수식으로 가득한 수학책과 마법 이야기가 어쩐지 어울려 보이지 않는데다, 당대 최고의 수리물리학자라는 로저 펜로즈가 쓴 책이라 더 이상해 보이기도 하지만, 분명 그는 '마법'이라고 표현했다. 그것도 여러 번이나.

3

그가 마법이라고밖에 달리 표현할 수 없었던 대상은 복소수$^{complex\ number}$다. 복소수는 허수$^{imaginary\ number}$를 기반으로 하는 수다. 허수란 잘 알다시피 제곱해서 -1이 되는 수를 말한다. 어떤 수를 제곱했는데 -1이 되다니, 이건 수학적 상식에 어긋난다(음수를 제곱해도 양수가 되고 양수를 제곱하면 당연히 양수가 된다는 게 이른바 수학적 상식이니까). 그러니 허수虛數다. 말하자면 가상의 수인 셈이다.

따지고 보면 모든 수는 다 가상의 수가 아니냐고 말한다면 달리 할 말이 없다. 사실이니까. 하지만 자연수를 비롯해서 정수, 유리수(분수)까지도 물리적 상관물을 갖는 반면 허수는 그렇지 못하다. 가령 사과 한 알을 놓고 1이라고 표현할 수도 있고 두 알이라면 2, 반쪽이라면 2분의 1, 또 그 반쪽이라면 4분의 1이라고 할 수 있다. 무리수도 마찬가지다. 밑

변이 1센티미터이고 높이가 1센티미터인 직각삼각형을 그려보면 알 수 있다. 피타고라스의 정리에 따라 빗변은 $\sqrt{2}$ 센티미터가 된다($1^2+1^2=x^2$, $2=x^2$, 따라서 $x=\sqrt{2}$), 그러니까 우리는 $\sqrt{2}$가 어느 정도의 크기인지 눈으로 확인할 수 있다. 하지만 허수인 i는 최소한 현실세계에서는 상관물을 찾을 수 없다.

복소수는 이런 허수와 실수를 결합해서 만든 수다. a+bi (a와 b는 실수, i는 허수. a는 실수부고 bi는 허수부다).

4

첫 번째 마법은 이렇게 만든 복소수가 실수와 달리 평면(복소평면)을 점유하는 수라는 점이다. 모든 실수는 x축과 y축으로 이루어진 직교좌표에서 x축이든 y축이든 선분 위의 한 점을 점유하는 반면, 복소수는 x축으로는 -1부터 1까지, y축으로는 $-i$에서 i까지를 지름으로 하는 단위원의 한 평면을 점한다(선분 위의 점이 1차원이라면 평면은 2차원이니 차원을 달리하는 수인 셈이다).

5

두 번째 마법은 이처럼 평면을 점유하는 복소수가 덧셈, 뺄셈, 곱셈, 나눗셈, 즉 사칙연산을 거뜬히 견뎌내는 데다가 2차원 평면을 점유하는 수라서 덧셈과 곱셈의 경우 평면 이동을 한다는 점이다. 원점인 0을 기준으로 각각의 점이 시계 반대 방향으로 이동한다. 그런데 이동 방법이 특이하다. 회전한다. 이게 마법인 이유는 2차원 평면에서 회전한다면 곧 3차원 공간이 얻어진다는 의미이기 때문이다.

6

어디 그뿐인가. 로그함수는 물론 삼각함수와도 결합한다. 그러니까 원점을 기준으로 시계 반대 방향으로 회전하면서 스핀을 이룬다. 이걸 나선형 스핀으로 만들면 흥미로운 그림을 얻을 수 있다. 독일의 천재 수학자 리만$^{G.\ F.\ B.\ Riemann}$은 여기서 한 발 더 나아가 평면 상에서 반복되는 나선들을 굳이 평면에 가둬둘 필요는 없다고 생각했다. 나선을 평면을 뚫고 나오게 만들면 꼬리가 연결된 수많은 접시들이 평면을 뚫고 위로 위로 올라가는 그림이 생긴다. 그 접시 위에 이른바 리만 곡면을 그릴 수도 있다.

복소수는 변수가 두 개이니 그중 하나를 상수로 묶고 미분하는 이른바 편미분도 가능하다. 다양한 함수를 얻을 수 있을 뿐만 아니라 곡면 상에서 '함수와 함수를 이어붙이는 함수'까지 얻을 수 있다.

7

이처럼 복소수의 마법 덕분에 복소해석학을 통해 고차원 다양체에서의 각종 함수값을 계산할 수 있노라고 펜로즈는 말한다. 고차원인 이유는 가령 기체 입자가 몰려 있는 상황을 단순한 직교좌표로 나타내면 평면에 무수한 점들이 찍힌 그림만 얻을 수 있을 뿐이지만, 복소해석학을 통하면 6차원까지 계산할 수 있기 때문이다(각 기체 입자는 3차원 공간의 점으로 표현되는 데다, 복소 위상공간에서는 각 기체 입자의 운동량 벡터가 계산 가능하니 3차원을 더하면 모두 6차원이 된다).

그밖에도 수리물리학과 양자역학의 수많은 결과물들이 대부분 복소수로 인해 가능해졌다. 이 정도이니 펜로즈가 마법의 수라고 경탄하지 않을 수 없었겠다.

마법의 섬과 거기서 거기인 삶

1

『템페스트』의 프로스페로가 구사하는 마법을 복소수의 마법으로, 그가 주인으로 다스리는 섬을 복소평면이라고 보면 어떨까? 아무래도 무리일까? 하지만 허수라는 가상의 수가 처음 제기된 건 16세기라니, 셰익스피어로서도 자신의 작품이 21세기에 잉태된 생각들과 비교당하는 것보다는 훨씬 덜 억울할지도 모른다.

2

나폴리의 왕과 그의 아들, 그리고 밀라노 공작을 비롯한 일행들이 튀니지에서 열린 공주의 결혼식에 참석했다가 돌아가는 길에 폭풍을 만나 섬에 표류하는 것이 『템페스트』의 시작이다. 그 섬은 프로스페로의 섬이다. 12년 전 밀라노 공작이었던 프로스페로는 동생인 안토니오가 계략을 꾸미며 나폴리 왕의 묵인 아래 자신과 세 살 난 딸 미란다를 쫓아내는 바람에 이 섬에 표류했다.

프로스페로는, 알제리에서 추방되어 섬에 버려졌던 마녀 시코락스가 낳은 캘리번을 노예로 부리고 시코락스의 마법에 걸렸던 정령들을 풀어주며 시종으로 삼는다. 그중 에어리얼을 이용해 안토니오 일행을 섬에 표류하도록 한 데다 그들을 섬의 세 군데로 뿔뿔이 흩어지게 만든다. 세 군데로 나누어진 무리들은 각각 우여곡절을 겪다가 프로스페로의 마법에 따라 한 곳에 모인다. 자신의 아들이 폭풍에 희생되었다고 생각한 나폴리 왕은 안토니오의 검은 마음을 눈치 채면서 비로소 자신이 프로스페로에게 저지른 잘못을 뉘우치고, 왕의 아들 페르디난드는 미란다와 사랑에 빠지며, 왕의 광대와 집사에게 빌붙어 프로스페로에게 저항하려던 캘리번은 궁지에 몰린다.

프로스페로는 이들을 모두 자신의 오두막으로 초대함으로써 환대를 베풀고, 마침내 마법을 버린다.

3

셰익스피어는 은퇴하기 직전에 쓴 이 작품을 통해 화해와 용서 그리고 환대의 공간을 그려냈다. 4대 비극에서 다루었던 상황들을 모두 등장시킨 뒤에, 마치 『한여름 밤의 꿈』에 등장하는 정령들과 마법을 통해 해피엔딩을 연출한 것처럼 보인다. 하지만 해피엔딩을 이루기 위해서는 마법의 공간이 필요하다는 걸 잊어서는 안 된다. 환대를 통해 '우리'가 되기 위해서는 마법이 필요한 것처럼.

4

복소평면의 마법은, 원을 이루는 공간의 밖은 물론 원점과 원주 위의 점들이 의미가 없는 장소라는 데 있다. 공간 밖은 차치하고라도, 원점과 원주 위의 점들에서는 함수값이 걷잡을 수 없을 정도로 요동치거나 무한대가 된다(이걸 '특이점'이라고 한다). 말하자면 섬처럼 갇힌 공간인 셈이다.

이런 특징이 마법이 되는 이유는, 비록 공간 밖은 물론이고, 특이점이라는 허방을 제외한 지극히 한정된 공간을 부여받았을 뿐이지만, 바로 그렇기 때문에 그 안에서의 변화는 가히 상상을 초월할 정도로 다양해지기 때문이다. 끝없이 뻗어나가는 두 개의 교차된 선분으로 이루어진 열린 공간에서라면 감히 상상도 할 수 없는 변화들인 셈이다. 게다가 온갖 변수들이 더 이상 무시되지 않고 더 정밀하게 계산되기도 한다.

5

원점이라는 특이점을 생명의 기원으로, 원주 위의 특이점들을 각각의 죽음으로 본다면, 복소평면은 마치 우리네 삶의 공간처럼 보인다. 실수와 허수라는 전혀 어울리지 않는 것들이 짝 지어지면서 복소수와 그 공간이 얻어졌듯이, 우리네 삶 또한 전혀 어울리지 않는 것들끼리의 짝 지음을 통해 얻어지니까.

6

아무리 그렇다고 해도 허수니 복소수니 하는 것들과 비교한다는 건 삶의 진실을 파헤친 고전 작품에 대한 예의가 아니라고 꾸짖는다면, 할 말이 없다. 비록 수 세기를 격하고 있다지만, 삶이란 게 다 거기서 거기니 셰익스피어가 그린 삶과 오늘날 우리들이 직면한 삶이 다르면 얼마나 다르다고, 계산 불가능한 삶의 진실은 제쳐두고 허수니 복소수니 운운한단 말인가. 맞는 말이다. 나 또한 그렇게 생각한다.

7

그런데 '삶은 다 거기서 거기'라는 말이 흥미롭다. 앞의 '거기'와 뒤의 '거기'는 얼마나 떨어져 있을까. 혹시 1과 -1, 혹은 i와 $-i$만큼 떨어진 것은 아닐까. '거기'와 '거기'가 같은 지점이라면 '삶은 다 거기서 거기'라는 말은 할 필요가 없는 말이 되고, 너무 멀리 떨어져 있으면 말의 의미를 잃는다. 거기와 거기는 아마도 깜빡과 깜빡에 해당될지도 모른다. 처음과 마지막. 시작에서 출발해 끝에서 멈추는 것이 아니라, 처음과 마지막을 반복하며 회전하면서 나선을 이루는 것. 거기 거기, 깜빡깜빡.

8

'우리'는 '거기'서 '거기'인 사람들이 모여 만드는 것이다. 그만큼 달라서 전혀 어울려 보이지 않는 사람들. 마법으로 그 차이를 감추고 있는 사람들. 그 마법을 벗겨내는 일만큼 쉬운 일이 또 어디 있겠는가. 이아고를 떠올려보라. 말 한마디면 충분하다. 캘리번도 바로 그 말을 저주하지 않았는가. 마치 썩은 물고기처럼 생겼다는 괴물 캘리번. 화해와 환대의 장을 만들어내기 위해 희생된 바로 그 괴물.

나쁜 꿈

1

여름의 문턱에서 어느새 무성해진 나뭇잎들을 바라보며 '장기 적출' 커플을 생각한다. '녹음綠陰'이란 말 때문이다. 말 그대로, 무성해진 나뭇잎들이 스스로에게 드리우는 녹색 그늘. 나뭇잎이 무성해지면 무성해질수록 그 사이의 그늘은 무섭도록 짙어진다. 흡사 나뭇잎들이 공모해서 적출해낸 장기들의 텅 빈 자리 같달까. '우리'의 연대가 강고해지면 강고해질수록 우리의 장기는 남김없이 적출되어 그늘을 드리울 것이다. '장기 적출' 커플이 내게 남기고 간 교훈이다.

2

나는 그날 이후 '장기 적출' 커플을 다시 만나지 못했다. 그 카페를 여러 번 들락거렸지만, 아쉽게도 다시 그들과 마주치지 못했다. 그들이 앉았던 자리를 매번 확인하곤 했지만 허사였다. 어디서 뭘 하고 있을까. '우리'가 되긴 했을까.

3

내가 지금 나쁜 꿈을 꾸고 있는 것일까?

4

아니, 그렇지 않다. 더 나쁜 꿈에서 깨어나려는 것뿐이다. 햄릿이 꾸었고, 헨리 5세가 꾸었으며, 로미오와 줄리엣, 맥베스, 안토니오와 포셔, 리어 왕, 프로스페로가 꾸었던 저 모든 나쁜 꿈에서 깨어나려는 것뿐이다. '주어'와 '나'로서 꾸는 꿈. '주어'와 '나'로 살고 있는 꿈. 그렇게 믿도록 만드는 꿈. 나쁜 꿈 중에서도 가장 나쁜 꿈에서 깨어나고 싶은 것뿐이다. 설사 깨고 나면 내가 아무 의미 없는 '모든 사람' 가운데 하나로 남을지라도.

5

중학교 2학년 땐가. 성격을 바꿔보려고 껄렁거리는 급우들을 따라다닌 적이 있다. 방과 후엔 학원가를 기웃거리기도 하고 시내를 어슬렁거리기도 했다. 수업 시간은 물론 쉬는 시간에도 그 친구들과 함께 떠들고 장난치는 게 일이었다. 그러다가 동네 친구이기도 하고 같은 반 급우이기도 한 쌍둥이 형제와 교실에서 싸움이 붙었다. 나는, 어디서 그런 걸 배웠

는지, 허리띠를 풀면서 "너희 둘 다 죽여버리겠어!" 하고 소리쳤다. 친구들을 믿고 의기양양했던 건지 아니면 정말로 누군가를 죽인다는 것의 의미를 알고 떠들어댄 건지 모르겠지만, 내 짝의 말에 따르면, 그 순간 내 눈에 살기가 가득했다는 것이다. 정체를 알 수 없는 분노가 어린 마음을 꽉 움켜쥔 채 좀처럼 놓아주지 않았다.

6

그렇게 뭔가 다른 존재로 살고 싶어 좌충우돌하던 시간은 생각보다 오래가지 못했다. 여름방학을 앞둔 어느 날 나랑 어울려 다니던 급우 둘이 깨진 유리를 들고 장난을 치다가 그만 싸움으로 번졌는데, 한 녀석이 들고 있던 유리조각으로 다른 녀석의 왼쪽 옆구리를 찌르고 말았다. 순식간에 그것도 바로 내 코앞에서 벌어진 일이었다. 찌른 친구도 찔린 친구도 코앞에서 그 모습을 목격한 나도 놀라긴 마찬가지였다. 다행히 병원으로 실려 갔던 친구는 일주일 뒤에 무사히 학교로 돌아왔다. 심장을 살짝 비껴갔노라는 얘기가 수군거림 속에 섞여 들려왔다.

7

여름방학이 끝나고 학교로 돌아갔을 때 나는 무섭도록 말이 없는 학생이 되었다. 그냥 멍한 표정으로 학교와 집을

왔다 갔다 했다. 고개를 푹 숙이고 걷다가 하굣길에 선배에게 경례를 붙이지 않았다는 이유로 길거리에서 뺨을 맞기도 했다. 무슨 생각을 했는지 기억나지 않는다.

8
가끔은, 어른 흉내를 내고 싶어 애쓰는 나를, 가만히 지켜보고 있는 어린 나와 맞닥뜨릴 때가 있다.

"다음에 다시 봐요 우리"

1

이젠 포도주도 남지 않았다. 더 이상 술을 마시고 싶지도 않다. 그래도 내게 포도주를 선물한 사람에게는 고맙다는 인사를 전하고 싶다. 술도 잘 못 하는 내게 굳이 포도주를 선물한 이유는 알 수 없지만, 덕분에 이런 글을 쓸 수 있었다. 안타까운 건 아무리 애를 써봐도 그 사람이 누구인지 여전히 기억이 나지 않는다는 것이다. 비록 누구인지는 모르지만 부디 그 사람이 나처럼 우울해하지 않고 행복한 삶을 살았으면 싶다.

2

나 또한 처음부터 이렇게 살려던 건 아니었다. 누군들 우울하고 슬픈 삶이 좋겠는가. 하지만 이렇게 되고 말았다. 어쩌겠는가. 내가 밤새 주물럭거리는 문장처럼 지우고 다시 쓸 수도 없는 것을.

3

다만 한 가지 깨달은 건 있다. '행복'은 '사랑'과 달라서 내가 온전히 주도할 수 없다는 것. '사랑하다'는 동사여서 주어인 내가 그 시작과 끝, 처음과 마지막을 온전히 주재할 수 있지만, '행복하다'는 형용사여서 주어인 '나'와는 아무런 관계가 없다는 것. 나는 다만 그 '행복한' 형용, 즉 행복한 그림 안에 들어 있을 때 행복을 느끼고, 그렇지 않을 땐 행복을 느끼지 못할 뿐이다. 따라서 사랑과 달리 행복은 내가 추구할 수 없으며, 단지 그 상태를 누리고 오래도록 기억할 수밖에 없다는 것.

4

수술을 받고 졸지에 뇌병변 2급 장애인이 되었지만, 어머니는 오히려 예전보다 더 밝고 긍정적인 성격으로 바뀌었다. 하루에도 여러 번 텔레비전을 보며 박장대소했고, 운동 좀 하라는 내 잔소리에도 그저 "네, 알겠습니다!" 하고 부러 큰 소리로 대꾸하며 웃곤 했다. 오른쪽 뇌세포가 괴사해 왼쪽 몸이 마비된 경우엔 조증이, 거꾸로 왼쪽 뇌세포가 괴사해 오른쪽 몸이 마비된 경우엔 울증이 후유증으로 동반되기도 한다는 내용을 어느 책에선가 읽은 적이 있지만, 어머니의 변화를 그런 증상의 일환으로 보고 싶지는 않았다. 한때는 수술을 받기 전까지 어머니를 그토록 괴롭혔던 협심증의 고통이 그만큼 컸던가 싶어 마음이 아프기도 했지만, 꼭 그 때문만도 아니라는 생각이 들기도 했다.

5

수술대 위에 누워 있던 여덟 시간 동안 어머니는 의식이 없었지만, 분명 살아 있었다. 그 여덟 시간은 어머니 인생에서 처음이자 다시는 경험할 수 없는 시간이었을 게 분명하다. 그 시간 어머니는 어디에 있었을까. 당신의 삶을 샅샅이 훑어보고 있었을까. 과거와 미래까지 모두? 아니면 더 이상 이 세상 사람이 아닌 당신의 어머니, 그러니까 내 외할머니를 만나고 왔을까. 외할머니 등에 업혀 고개를 넘던 당신의 어린 시절로 돌아갔었을까.

"엄마."

"왜?"

"나 배고파."

"아이구 우리 남순이 배고프구나."

"응."

"조금만 참아. 저 고개만 넘으면 집이니까. 엄마가 맛난 저녁 해줄게. 착하지 우리 남순이?"

비록 배는 고팠지만 엄마의 따뜻한 등에 업혀 집으로 가던 그 시간을 다시 겪고 왔을까. 그렇게 아이가 되어 돌아왔을까……

나는 가만히 속삭여본다.

엄마, 나도 배고파.

6

우리의 주인공들에게도 인사를 해야겠다. '장기 적출' 커플. 그 뒤로는 한 번도 부딪힌 적이 없으니 뒷이야기랄 것도 없지만, 그들이 자리를 털고 일어서며 마지막으로 나눈 대화는 똑똑히 기억한다.

"다음에 다시 봐요 우리."

"그래요, 다음에……"

7

다음이 언제인지 그걸 누가 알겠는가. 하지만 언제나, 누구에게나, 다음은 있는 법이다. 다음에 다시 볼 수 있기를……

8

끝으로 윌리엄 셰익스피어는 1564년 4월 26일 잉글랜드의 스트랫퍼드어폰에이번에서 존 셰익스피어와 메리 아든 사이의 장남으로 태어나, 1616년 4월 23일 자신이 태어난 고향에서 52세의 나이로 사망했다.

참고하거나 인용한 책들

『햄릿』, 윌리엄 셰익스피어, 최종철 옮김, 민음사, 1998

『헨리 4세 1부』, 『헨리 4세 2부』, 윌리엄 셰익스피어, 김정환 옮김, 아침이슬, 2012

『오셀로』, 윌리엄 셰익스피어, 최종철 옮김, 민음사, 2001

『십이야, 혹은 그대의 바람』, 윌리엄 셰익스피어, 김정환 옮김, 아침이슬, 2010

『맥베스』, 윌리엄 셰익스피어, 최종철 옮김, 민음사, 2004

『로미오와 줄리엣』, 윌리엄 셰익스피어, 최종철 옮김, 민음사, 2008

『베니스의 상인』, 윌리엄 셰익스피어, 최종철 옮김, 민음사, 2010

『심벨린』, 윌리엄 셰익스피어, 김정환 옮김, 아침이슬, 2012

『리어 왕』, 윌리엄 셰익스피어, 최종철 옮김, 민음사, 2005

『템페스트』, 윌리엄 셰익스피어, 이경식 옮김, 문학동네, 2009

『도리언 그레이의 초상』, 오스카 와일드, 김진석 옮김, 펭귄클래식코리아, 2008

『러시아의 맥베스 부인』, 니콜라이 레스코프, 이상훈 옮김, 소담출판사, 2011

『나머지는 소음이다』, 알렉스 로스, 김병화 옮김, 21세기북스, 2010

『과학으로 풀어보는 음악의 비밀』, 존 파웰, 장호연 옮김, 뮤진트리, 2012

『음악음향학』, 이석원, 심설당, 2003

『생명이란 무엇인가』, 에르빈 슈뢰딩거, 전대호 옮김, 궁리, 2007

『종의 기원』, 찰스 다윈, 송철용 옮김, 동서문화사, 2013

『이중나선』, 제임스 D. 왓슨, 최돈찬 옮김, 궁리, 2006

『실체에 이르는 길 1』, 로저 펜로즈, 박병철 옮김, 승산, 2010

「특수사건전담반 TEN」 시리즈 2, 제7화 우음도 살인 사건, tvn 드라마.

나는 왜 이렇게 우울한 것일까

김정선 지음

초판 1쇄 발행 2018년 10월 12일

펴낸곳 포도밭출판사
펴낸이 최진규
등록 2014년 1월 15일 제2014-000001호
주소 충청북도 옥천군 옥천읍 삼금로1길 10, 2층
전화 070-7590-6708
팩스 0303-3445-5184
전자우편 podobatpub@gmail.com

ISBN 979-11-88501-04-5 03810

이 도서의 국립중앙도서관 출판예정도서목록(CIP)은 서지정보유통지원시스템 홈페이지(http://seoji.nl.go.kr)와 국가자료공동목록시스템(http://www.nl.go.kr/kolisnet)에서 이용하실 수 있습니다. (CIP제어번호 : CIP2018029972)

이 책은 저작권법에 따라 보호받는 저작물이므로 무단 전재와 복제를 금합니다.

책값은 뒤표지에 있습니다. 잘못된 책은 바꾸어 드립니다.